JN122084

怪奇小説

『野井戸殺人事件』

はじめに

皆様お待たせ致しました。これより『遺体解明』委員会を、代表致しまして『科学技術庁』ご在籍の八塚正治氏から『遺体解明』協議の結果を報告して頂きます。よろしくお願い致します。

僭越ではございますが、只今ご紹介に預かりました八塚でございます。遺体解明委員会を代表致しまして協議の結果をご報告申し上げます。皆様ご承知のとおり自衛隊員の鬼頭勝氏が夜間演習中、井戸に転落し、悪戦苦闘の末、井戸底に放置されていた『遺体』との会話？を体験？そこから得た情報の信憑性については『非化学』的事項故に疑問点も多く、各委員から種々意見も有りましたが、先刻この場で行った、現物聞き取り検証での高い解明率を含め、又鬼頭氏が今迄体験した、全ての事項に関し評議検討した結果、多数の方々の賛同を得て鬼頭氏は間違いなく『遺体』と会話可能な人物だと認定致します。

この報告と同時に、各新聞記者のカメラが、私に集中、会場は騒然となった。

私は二ヶ月前、夜間演習中、井戸に転落した『非化学』的恐怖の体験を思い出していた。

この野井戸は、昭和三十五年頃まさしく存在し、私は兵庫県小野市に住む友人を訪ね、この演習場内外を、車の運転練習の為、走り回りました。『青野ヶ原演習場』は、兵庫県加古川市、北部40ｋｍ前後の位置にあり『演習場』の東側を南北に流れる加古川に沿って、国鉄加古川線が北部西脇市を経由して福知山線に接続、山陰線に繋がっている。演習場は南北約4ｋｍ・高さ2～30ｍ・東西幅約５００ｍ・偏平の赤土の台地で、中程に南北約3ｋｍの地道があり、台地南端には『旧陸軍病院』の建物があり、今は『青野ヶ原病院』と名を替えて営業しています。

　また病院南側台地には、東西に横切る公道があり、その道を東に下れば、国鉄加古川線『粟生駅』に出ます。台地の大半は落葉樹と松林、空地以外は雑草で覆われていました。季節の草花が咲き、野鳥のさえずりや松の梢を吹き鳴らす風の音が爽やかに聞こえていた。月日は忘れたがある日、樹木の茂った木陰に行くとそこに異様な姿の井戸があり、中を覗くと多数の蛙とゲンゴロウが棲み付き、偶然蛙を咥えた蛇が外へ這だそうと壁面を登っていたが、壁面は冬季霜柱発生の繰り返しで削り取られ、全てオーバーハングの状態、ここ迄登ると口に咥えた蛙の手足が壁に触れ、不安定な状態となり登りきれず、バシャーと水音をたてて、幾度となく水中に落ち込んでいた。正にこの井戸は、小動物の命をとる魔の井戸とも思われた。ある日この『井戸』について村人に尋ねると、この台地近辺で栽培する農作物に必要な水資源として、数ヶ所の井戸を掘ったが、戦前、訓練中の隊員が、転落する水難事故が多発したので、大半の井戸は埋め戻されたとか。戦後、食料増産を強いられ、再び使用している事を知らされた。

私は、数十年この『井戸』と蛇の関係が忘れられず、これを基に小説を書きましたが、ストーリーは全てフィクションであり『登場人物』等はすべて架空名を使っています。ストーリーに登場する、警察署・旧軍隊・自衛隊・等の組織及び、日々の行動・訓練の内容と兵器の名称は、関連した書籍と、旧軍人方々の体験談から得た知識で書いているので、事実と異なる場合があることを予めご了承願いたい。人間は生まれつき誰にも察知されない運命があり、ここに登場する鬼頭勝氏もその一人、自衛官を志したが故に「恐怖」と「数奇な運命」を体験する事となりました。

目次

目次

一　夜間訓練

私が地方大学を卒業して幹部自衛官を志したのは、昭和三十年十一月だった。昭和三十年九月、某県の風水害被災地に、災害派遣で出動した、自衛隊員の懇親的な活動を見て、心が弾み、若い時に足跡を残さなければと思い、第三管区海田市普通科連隊にて、受験を行い合格。入隊は四月八日、第三管区特科連隊、姫路部隊の幹部教育隊に入隊。ここで見るも聞くも初めての体験の日々、教官に怒鳴られながら教育に励んだ。

部隊は、一大隊から三大隊の百五ミリ野砲大隊と、百五十五ミリ野砲の四大隊、それに五大隊の対空部隊、その他、連隊本部・通信隊・会計隊・業務隊・警務隊・衛生隊・消防隊・自動車修理工場・食堂・浴場等の施設で、総員四千五百名前後の部隊だった。

［幹部教育隊の組織］

教育隊長：森川一尉、教官：鳥飼二尉・山谷二尉・佐藤二尉の幹部と内海一曹・杉谷一曹

教官補助：宇坂二曹・奥谷二曹・庄野二曹・浮田三曹・石川三曹・及び四名の陸士から成る組織で、新兵は、幹部候補生の二個小隊の七十二名だった。教育期間は三ヶ月で、早く

も二ヶ月が過ぎ、営内生活及び隊務にも慣れ、皆張り切っていました。

隊舎は、木造平屋建てで、隊長室、事務所、会議室、教室（二部屋）及び基幹要員寝室、候補生宿舎、物品倉庫、車庫等の建物で構成されていた。


厳しい教育訓練も最終課程に入り、野外活動では最後の下記野営訓練に入っていった。

昭和三十一年六月五日、兵庫県小野市『青野ヶ原演習場』にて、陸上自衛隊幹部候補生の、鬼頭勝は、後期訓練課程に入り『深夜における地図判読』訓練に参加、二十一時に教官から候補生達に、夜間訓練に付いての趣旨説明がなされた。

概要は、現地点演習場の北端より南に進み、約４ｋｍ先の『青野ヶ原病院』西側、公道出入り口にある『千代の墓』を経て、青野ヶ原外周一般道路を使用、走行距離約12ｋｍ前後の行程で、参加者総勢百五名、基幹要員を除く七十二名を、八個分隊に分け、各分隊各々、五分間隔で現地を出発、私鬼頭も最後の分隊員七名と共に、二十一時四十分に現地を出発した。


空は水無月の言葉どおり『漆黒の闇夜』。演習場南端にある『青野ヶ原病院』の明かり以外、何も見えない状況だった。

隊員の装備は、第二種軍装で小銃携行、背嚢及び水筒とヘルメットを装着、重さ約４ｋｇ、各自８ｍ前後の横隊間隔で目標の『千代の墓』に向っていた。

教育隊長以下基幹要員は、最後の分隊員の出発を見届けた後、数台のジープに分乗、第二目標地点に向け現地を出発した。私は、横隊体形、最右翼に位置し、４ｋｍ先の『千代の墓』迄に設けた、数ヶ所のチェックポイントを地図上で確認、出発して２ｋｍ余り進み、ある地点に来た時突然病院の外灯が眩く幻惑の状態となったが、直に慣れると思いそのまま進んでいると、不意に足がすくわれ、宙に浮いたと同時に冷たい井戸に落ち込み、もがき苦しむパニック状態になり、この動きで井戸底に沈殿していた堆積物が水中に舞い上がり、井戸の中は異臭が漂う状態、水面に顔を出し大声で『助けてくれ！』と叫ぶも、他の分隊員に声は届かず、孤独と不安が襲ってきた。演習場内に点在する『井戸』の話は聞いていたが、まさかこの『井戸』に私が落ち込むとは、苦しい時間の経過と共に不安が募るものの、水深は幾らか？１７４ｃｍの私の身長でも足は池底に届かず、深さは２ｍ以上あるだろう？懐中電灯は水没して使えず、井戸の周囲壁面を手で触れてみると、土は柔らかい粘土の層、壁面は冬季霜柱の繰り返しで削り取られ、全てオーバーハングの状態、井戸の開口部は、萱草で覆われ昼間見ても、そこに『井戸』が有るとは？おそらく気付ないだろうと思われた。

とにかく今は水中に幾度となく潜り、装備と被服等を脱ぎ、身を軽くする事に没頭したが、この作業中、前回昇任試験の折、教官が出した試験の解答が閃き、対応する事にしました。

教　官「問題！君達が分隊長で、分隊員の指揮をとり、川向こうの敵情を探れと『斥候任務』を受けた。その川幅は50ｍ、水深2ｍ以上、如何にして敵に察知されずに渡河をするか応えよ」

受験者総員七十二名、五名単位の団体面接で受験者の解答は、

受験者『被服を膨らませ浮輪にする』
『流木を使い、筏を作る』
『石を抱え、川底を歩く』
『夜陰にまぎれ行動する』
『流木の下に潜り渡河する』

この様にさまざまな解答が出たが、全て教官の意図するところでなく、痺れをきらした教官は『カービン銃の銃身』の長さは幾らと聞かれたので、受験者の一人が、37ｃｍと答えると教官は、

教官「遊底（銃の部品の名称で、ガス圧及びバネの力を利用して、前後運動を与え給弾及び、撃空薬莢を放出する装置）を水面上で開放し銃口を口にすれば、２ｍ位の水深ならシュノケールとして使えるだろうこれが答だ！」

私は、この言葉を思い出し開放した『遊底』を水面上に出し、水中で銃口を口に当て、呼吸をしながら次の考えを試みた。まず呼吸の確保である。それには水面に顔を出すに足りるだけの足場作りだが、方法は『背嚢とズボンを利用』する。背嚢から偽装網及び下着類を取り出し、土を入れ土嚢を作る。ズボンは裾を縛って、土を入れ土嚢を作る。この二点が浮かび『円匙』（小型スコップ）で壁面の土を削り取り、土嚢作りに没頭、三十分程悪戦苦闘の末土嚢が出来たので、この土嚢を積み重ねこの上に立ち上がり、水面上に顔を出して呼吸が出来る状態となったので、気分的に落ち着き、次は脱出方法について種々考え、そこで思い付いたのは、井戸の内部に伸びている草木の根の利用だったが、真っ暗な井戸の中、周囲の壁面を銃剣でつつき調べたが、全て頼れる物の手応えも無く、考えた末、次の案が浮かんできました。

一『円匙』を使い井戸壁を斜上に掘り進み、出口を作る。
二『偽装網』をロープ状にして両端を固定、この上に立ち上がり這出る。
三『壁面』数か所に足場の穴を掘り、これを利用して出る。
四『偽装網』の端に重りを付け、外に放り投げ、樹木にからめて這出る。

この作業工程で、確実性が高いと考えられるのは『二案』と思い下記方法で着手した。『偽装網』を折りたたみ束ね、約2m前後の仮ロープを作る、不足部分は小銃のベルトを使う。

これを壁面に固定した杭に結び付け、水面上に延長、この上に立つ事で脱出可能と思い、ロープの両端を固定する為の支柱が必要だが…井戸底にそのような物があるのか？足の指先で探ると、幾本もの硬い棒状の物が触れてきたので、直ちに円匙を鍬形にして掬いあげて見ると、重さ太さから『動物の骨？又は人骨』⁇等の恐怖に併せ、潜る度に聞えてくる『異様な音声』に驚き、精神的に滅入りつつ恐怖の状態だった。だが今は我が身の安全確保が優先、この不気味な事柄について、深く考える余裕も無く、作業に没頭した。この時、頭に閃いたのは、高校の授業で習った『アルキメデスの法則』だった。

水面下に身を沈める事で、支柱に掛る『重量負担の軽減』を思い出す程、心は落ち着きを取り戻していた。井戸の中は、蚊の大群と多くの蛙が棲み付き、作業を止めると、俄かに蛙の合唱が始まり、私の行動を嘲笑うように煩く聞こえ、露出している顔面と腕は、蚊に刺され苦しい作業が続く中、井戸底に潜る度に聞こえる声に？心が動いたのもこの頃であった。いったい何の声だろう？ここには人も動物も居ないのに？それは途切れる事なく続き、又は小さくボソボソと呟く様に聞こえ…話の内容は意味不明だが、明らかに人間の会話だろうと思い安堵したものの、この場所を考えると断じて人間ではないと否定もしたが、怖いもの見たさも手伝い、銃の遊底を開放して水中に沈め、銃口に口を当て呼びかけると、会話が出来るだろうと思い、試みると数人の話し声が？聞こえてきた。


謎の声「人が落・込んだ・？」

「そのよ・だあわてて・る」

「さき・・いろ・・とが・・いた・だ・・おち・の・」

「ど・やら・新人・きた・・うだ…。」

「兵の・・だな…。」

「そう何・慌て・いるら・い？」

一部言葉が抜けて聞き取りにくいが、開放した『遊底』を水中に沈め、銃口に耳を当て聞くと、明らかに自分の事をいっている様子、瞬時悪寒が走ると共に不安が益々つのり…、こんな事があるのか？『井戸底から人の声？』これが事実ならここは『墓場』か？今度は今迄と違った新たな恐怖が襲ってきた。子供の頃、お祖父さん達からお化けや幽霊の話を聞かされ、この世にそんな怖い所があるのか？怖い人がいるのか？幼心で悩み、深夜それらの話を思い出し、トイレに行くのも怖く、怖い体験をした事を思いだしていた。

今の私には『心霊現象』等の体験及び反応も無く『心霊現象・心霊写真・お化け屋敷』等それに『青森県恐れ山のイタコ』の話とか？『霊能者』が故人を降霊させ、会話する現実的要素を含めた話を聞かされても、全て想像の世界と思っていたが、しかし今、井戸底で死人と会話をしている。この異常現象を体験している事自体が不思議で、正に別人のよう？

この不気味な環境の中、自分なりに心を落ちつかせ、冷静な判断で、行動をしているつもりの己を自から疑い、恐怖と不安で理性を失う程だった。この恐怖の中、今は事実確認に心が動き、遊底を開き水中に沈め、銃口に口を当て、

鬼頭「其処に誰か居ますか!?」

と叫ぶと瞬時会話が途絶え、霊気漂う井戸の中から、蚊の羽音のみ聞こえていた。

二　井戸の中での会話

暫（しばら）くして聞き取り難（にく）いが、会話らしき声が聞こえてきた。

謎の声「そう・・こ・にい・・ぞ！」

と大きな声が返ってきた。

鬼　頭「えっ⁉会話が出来る⁇本当に誰（だれ）か居るのですね？」

と声を掛（か）けると

謎の声「そ・だ。」

と再び返事があり、

謎の声「人と喋（しゃべ）・る…？」

謎の声「お前・・だ⁉だれ・・にやら・た？」

と先程（さきほど）とは違（ちが）い、若い声が返ってきた。

鬼　頭「やられた？私は訓練中、誤（あやま）ってこの井戸に落ち込みました。」

謎の声「そ・か・暖・で・・良かった…。」

又（また）聞き取りにくい口調で、別の声が聞こえた。この会話のやり取りで、私は我が身の危険を忘れ種々問答を試みた。

鬼　頭「皆様に尋ねますが、私の言葉が分かりますか？貴方達の言葉には、意味不明な点もありますが、何とか理解できます。何人か居るようですね。一人ずつ姓名を言って下さい！」

すると同時に声が返ってきた。

鬼　頭「同時に話されても分からないので、そう…年長者から応答して下さい。」

謎の声「よし・・った。」

謎の声「了解・と・かかたう・・しい。」

謎の声「わ・りま・・ほん・・は・しが・・すか。」

鬼　頭「それでは、年長者の方から、姓名を言って下さい。それと何人いるのですか？」

謎の声「わし・高岡村の荒木勇、仕事は博労で年・四十四歳・・こ・に三人・る。」

鬼　頭「三人も!?荒木さんですね。次の方、同じ質問です。」

謎の声「本官、さが・きょ・さ・二十三歳。」

鬼　頭「佐川さんですか、仔細は後程聞きます。次の方同じ質問です。」

謎の声「とみ・が・せいじ、二十歳・す、わ・しも殺され・・投げこ・・た。」

鬼頭「冨永正治さんも殺された！…分かりました。皆さんとの会話にも少しは慣れ、内容も何とか聞き取れます、私は直ちに警察に知らせるので、今一度、犯人の名前と貴方達の、生前の住所及び、被害者と断定出来る、証拠の品物等を簡単に教えて下さい。」

荒木「分かった！俺は荒木勇、兵庫県加古郡高岡村三－十一、犯人は渋谷熊吉、住所は俺の家のすぐ下じゃ、俺の特徴は、右奥上下に一本ずつ金歯使用、小野市の、山本歯科で確認してくれ！」

鬼頭「荒木勇、金歯使用、山本歯科、犯人は、渋谷熊吉…次は佐川さんですね。」

佐川「そうだ！佐川清正です、姫路部隊見習士官、本籍地、香川県善通寺市、本官の特徴は、下顎両方共、親知らず抜歯、それに証拠品として弾帯右側ポケットに、佐川刻印の印鑑があるはず。犯人は、三村義人軍曹岡山県津山市と覚えている以上。」

鬼頭「佐川清正、姫路部隊…善通寺市、抜歯、印鑑、三村軍曹、次は冨永さんですね？」

冨永「はい、冨永です。私の本籍は、兵庫県加古郡高岡村二－二十三、神戸大学生、父は村長をしていました。」

鬼頭「村長…神戸大学生、分かりました。これ以外に本人と証明できる品物等は有りますか？犯人は誰ですか？」

冨永「犯人は渋谷熊吉です。日々付き合いがあったのに。まさか殺されるとは。」

鬼頭「何！渋谷熊吉！この悪党め！人間の面をかむった極悪非道な人間か？」

冨永「そう品物？そうだ『ベルトのバックル』大学の校章を基礎に作っているので…分かるはず」

鬼頭『神大』の校章の入ったバックルですね。分かりました。後日可様に会話が出来ますか？」

荒木「荒木だが会話は分からない？…早くここから出してくれ！」

佐川「犯人を捜し逮捕して下さい、親に連絡を頼むよ」

冨永「何でも協力します。親元に帰りたい、宜しく頼みます。」

鬼頭「皆様のお話を聞き、辛いお気持を察し申し上げます。今後皆様のご無念を晴らす為、今から脱出に集中するので、暫く会話を中止します。」

荒木「分かった荒木だが、俺の遺体は牛舎に埋めているとか？探してくれ。」

佐川「佐川です。ここから出たい、親に知らせてくれ。」

冨永「冨永です。警察に知らせて下さい、憎い犯人を逮捕してくれ。」

佐川「ここは寒いので、早くここから出たい、何とかして下さい。」
荒木「警察は何をしている？皆辛くて哀しい思いをしているのに。早く助けてくれ。」

三　井戸からの脱出

井戸に落ち込んでどれ程の時間が経過したのか？雲の切れ目から瞬く『北斗七星』の移動観測で数時間は過ぎ、午前二時前後だと思う。水温十四〜五度の中に長時間浸っていると、両手の表面が皺々になり、下腹等の不愉快な症状に併せ、体中が痒く不快感が増してきた。蚊に刺されながら先刻思案した、脱出計画「第二案」の作業に着手した。幾重にも折り畳んだ偽装網の端を、着剣したカービン銃に結び、これを杭の代わりに壁面土中に打ち込み、もう片方は水面上に横穴を掘り、その奥にクロスした棒状の骨を、偽装網で堅く結び、穴の奥で固定し、その手前を土嚢で塞ぎ補強する。水面下に伸びるこの偽装網の上に立ち上がる事が出来るのか？今はこれに望みをかけ、はやる心を抑え静かに、ロープの上に立ち上がると、不安定ながら体重が支えられたので、素早く被服類を井戸外に投げ出し、鍬形にした『円匙』を井戸の開口部に打ち込み、這い上がりながら井戸からの脱出に成功しました。

この頃になると東の空が少しずつ明るくなり、何よりあの霊気漂う井戸から無事脱出できたこの事が何より嬉しく、改めて生きている感動を覚え、朝空に映え流れ行く雲を眺め…私は、『助かった！』と生還の喜びを感じたものの、疲労困憊、気力喪失の状態で、しばらく草原に伏せていたが裸同様の身体に外気は冷たく、その場にいたたまれず、汚泥で汚れた被服を着て、スコップを持ち病院を目指して歩きました。

松林の中に佇む病院…今の私には観光地に建つホテル同様に見え、そこから絶大な安らぎを感じ取りました。途中病院手前にある皿池で、身体と被服の汚れを落とし、ふらつく足取りで病院玄関に佇み、呼び鈴を押しながら足元を見ると、仮洗いした被服の水滴が、幾筋の流れを作り、地中に消え失せていた。

玄関に看護婦さんが現れ、ずぶ濡れの服を着た異常な姿の私を見て驚き、遠くより恐々と警戒しながら声を掛けてきました。

看護婦「何方ですか？朝早くから！何の用ですか！」

鬼　頭「訓練中の、自衛官です！訓練中事故に遭ったので、少し休ませて下さい…。」

看護婦「何！事故？分かりました。直ぐに手配しますので、その場でお待ち下さい。」
事情を察知した今一人の看護婦さんが素早く奥へ引き返し、毛布とパジャマを携えて来て、
看護婦「濡れた被服と取り替えてください。」
と渡され、所属部隊名と氏名を聞かれ、カルテに記載された。私はその場で被服を脱ぎ捨て、毛布で体を包み素早くシャワー室に案内され、冷え切った身体を暖めながら、汚れと悪臭を洗い落としたことで我にかえり、これで助かったと安堵したものの？視力の異常と軽い目眩、それに頭痛がしていた。直ちに当直医がみえ、
医　師「鬼頭さん。看護婦から聞きましたが、昨夜は大変だったらしいですね？」
脈を取りながら、
医　師「寒くはないですか？発熱・下痢・目眩等・何処か？自覚症状はありませんか？」
鬼　頭「目頭の痛みと頭痛がして、少しお腹の調子も悪いようです。」
医　師「目は泥水のせいでしょう。お腹は長時間の冷水が原因ですね。下剤を掛け胃腸の洗浄をすれば良くなると思います。体温は三十八度少し高いですね。血圧も計ってみましょう。１５７ですか。かなり高いですね？普段は幾ら程ですか？」
鬼　頭「あまり計った事はないが、二ヵ月前位に計ったかな？確か１３０台前後でした。」

医師「そうですか、この高い数値も数日で治まると思いますが？高い数値が続くようでしたら、暫く薬を飲み様子を診ましょう。」

医者は小さな懐中電灯で眼底を調べ、

医師「少し充血しているので…暫く目薬を差して下さい。」

このようにいって、聴診器で胸、腹部、背中を調べ、

医師「のどの痛み、違和感はありませんか？」

鬼頭「のどが掠れた感じがします。」

医師「うがい薬を出して置きますので暫くうがいをして下さい。他は大丈夫でしょう。若い人だから快復も早く大事に至らなかったと思うよ。今後異常を感じたら、看護婦さんに知らせて下さい。」

鬼頭「有難うございます。身体が温まったので精神的に落ち着き、今は下痢気味と目が霞む程度、直ぐに良くなると思います。お陰で助かりました。」

医師「取り敢えず下剤を掛け洗眼をしましょう。明朝担当医者より、消化器の洗浄と眼底検査等、精密検査が実施されるでしょう。今は精神的疲れがひどいので、睡眠剤を出しておきますので食事を終えたら直ぐに飲んで休んで下さい、看護婦さん睡眠薬

の投与お願いします。」

看護婦「分かりました。後刻処置します。」

私は食事を終え、筆記具を借りて、先刻井戸底で暗記した、被害者方々の無念な叫びと、頼まれ事を書き終え、早朝から私の捜索をする自衛隊員に連絡を頼み、ベッドに入ったが、後程皆が中傷するだろう？『非化学』体験の説明順位を考えながら、眠りに入った。翌朝九時過ぎ、内科医師の検診があり、

医　師「鬼頭さん！当直医から聞きましたが、昨夜は転落事故に遭い、大変だったそうですね？暗黒と冷水の中での脱出作業…良く助かったものだ、只々驚いています。」

カルテを見ながら、血圧、検温、胃腸の洗浄、眼底検査、洗眼等、測定及び処置をして頂く。

医　師「今の数値は少し高いようだが、四～五日休養すれば下がるでしょう。食事は摂りましたか？」

鬼　頭「はい、食べました。食欲は普段どおりあります。」

医　師「それは良かった。食欲がでれば回復も早く、痒み等も治まるでしょう。暫く様子を診ましょう。看護婦さん！食事はどうなっていますか？」

看護婦「しばらくの間、五部粥を申し込んでいますが？」

医　師「そう…下痢（げり）が治まれば普通食に切りかえ、良く食べ体力作りが先決、判断はお任せします。」

看護婦「分かりました。様子を見て食事の切り替（か）えをします。それと注射は？」

医　師「そう…後…二～三本打って状況を判断しましょうか？」

看護婦「分かりました。それで様子を診（み）ます。それと運動の方は？」

医　師「普段鍛（きた）えている自衛官だから、まず大丈夫でしょう。体は極力動かした方が良いので…ところで戦時中も同じ様に、兵隊さんが井戸に落ち込み、当病院に搬送（はんそう）後、死亡された方もいたそうです。鬼頭（きとう）さんは咄嗟（とっさ）の判断と、優（すぐ）れた体力で助かったと思いますが、以後気を付けて下さい…。」

と言いながら病室を出て行きました。演習場内は霧（きり）が立ち込め、梅雨（つゆ）独特の小雨（こさめ）が降（ふ）り続いていた。

四　病院での聞き取り調査

午前十時過ぎ、廊下を歩く賑やかな足音がして、教育隊長以下、数名の隊員が来室して私を覗き込んでいた。森川教育隊長が、

森　川「鬼頭候補生！大丈夫か？皆が心配したが、君の無事な姿を見て安心したよ！本当に良かった。今朝、三時過ぎ、佐藤二尉が病院を訪問して、看護婦さんから当時の様子を伺うと、君がスコップを持って突然来たので、皆驚きバタバタしたが、話を聞くと、そこは看護婦さんの使命感が働き、即介護したと聞かされ、命に別条はなく応急手当を受け、睡眠中と言われたので、今朝の診察以後の、訪問時間帯を聞き、来るのが遅れたが、体調はどう？どこか痛むところはないか？話が出来るのか？」

と言葉を掛け、事故について尋ねられたので、

鬼　頭「皆様に御心配とご迷惑をお掛けしましたが、体は特に異常有りません、勿論話もできます。」

私は昨夜の出来事の概要を述べ、話を伺うと最後の分隊員が『千代の墓』を過ぎ公道に入る時点で、私の不在に気付き訓練を中止。演習場内外を捜したと聞かされた。

鬼　頭「私の不注意で皆様にご迷惑をかけ申し訳ありません…。」

教育訓練課程での大事な夜間訓練を中止に追いやった事を謝り、現場の状況を尋ねると、

森　川「現場は、鳥飼二尉の指揮で、小銃等官給品の回収作業に入っている。」

と云われたので、私は

鬼　頭「直ちに作業を中止して『現場保存』をしてください。」

と隊長に願い出た。すると隊長は

森　川「何！中止！何故だ⁉何かあるのか！」

と聞かれた。

鬼　頭「詳しい事は後程申し上げます。あの井戸底に『三体の遺体』があるので、早急に警察に連絡して下さい。それと消防自動車の手配もお願いします。」

森　川「何！井戸底に『遺体』奥谷二曹！作業中止と現場保存の連絡を取れ、必要なら今の話伝えてよし！」

奥　谷「奥谷二曹了解、直ちに連絡します。」

この会話のやり取りを聞いていた隊員達にも、動揺が走り病室内は騒然となった。その頃現場では、井戸に足場を作り、私の装備品の回収をしていたが、そこに中止命令が入り事情を

知った現場でも大騒ぎとなった。

　三十分程して二人の警察官が、看護婦さんの案内で、病室に入って来た。部屋は、一階廊下突き当たり右側の個室だった。年配の警官が

黒　木「私は小野署の捜査一課の黒木です。連れも同じく次席の品川です。」

といって、教育隊長に名刺を渡した後、隣の病室にいた患者の有無を確認して、廊下に自衛隊員を張番させ、調書作成の為、私に仔細を求められたので、私は昨夜の出来事を、事細かく話すと、黙って聞いていた品川警官が、突然大きな声で、

品　川「何！井戸の中で『死人』と会話をした⁉そんなバカな事があるのか⁉こんな話、聞いた事が無い、いい加減な事を言うな！長時間冷たい水に浸っていたので、頭がおかしくなったのと違うか、バカバカしい！隊長さん！この男、まともな男ですか？この話を信じますか？自分に都合が悪いので、出鱈目を言って誤魔化しているのと違うか！とても信じられない！警察は他に難事件を抱えている！こんな話に付きっていられない！いい加減にしろ！」

警官独特の喋り方で相手を無視し、ここが取調室であるかのように、大声で怒鳴っていた。

これを聞いた森川教育隊長は、

森　川「鬼頭候補は日頃真面目な自衛官で、昨夜の訓練出発迄異常はなく、私も信頼していたが、今の話し本当か？本官も驚いている！何か『物的証拠』があるのか？」

鬼　頭「隊長！警官があのように、怒鳴るのも了承済みです。『死人』としゃべった事など誰もが疑うのが、当たり前でしょう。しかし作り話や嘘は付いていません。全て体験した本当の話です。」

森　川「そこまで言うのなら？何か動かぬ証拠があるのか？」

鬼　頭「有ります、偽装網の片方を、『人骨』を使って支えています。」

森　川「何！『人骨！』誠か、奥谷二曹！すぐ調べる様、現地に連絡せよ。」

この会話を聞くと、先ほどの警官が、又大きな声で、

品　川「何！『人骨』！素人のお前が、何でそれが『人骨』と分かるのだ！いい加減にしろ！出鱈目な情報と思うが、現場の指示は、本署の警官が現地で待機しているので、此から指示を出します、ところで無線機を使わせて下さい。」

森　川「分かりました！使用を許可する。奥谷二曹案内するように。」

奥　谷「奥谷二曹了解！無線機は表のジープです。どうぞ。」

可様な会話の後、隊長は、

森川「先程はあのような雰囲気になったが、直ぐに分かる事だ！気にせぬように…。」
と労いの言葉を掛けて頂き、この『非化学』的で根拠の無い私の話に、不平を言わず対処して頂く、上官の気持を察知し、改めて有り難く思いました。
その後、現地から『人骨』らしき物発見！と通報が入り、病室にいた者が、同時に驚きの声を発した。すると年配の黒木警官が、
黒木「本官は直ぐ現場に行く、君は病院の電話を借りて本署に連絡、署長からの指示を聞き、後で現地に連絡してくれ。」
と品川警官に命じ、隊長以下、基幹要員共々、病室を出て行った。
先程迄、やいやい言っていた品川警官も、急に態度を変え、
品川「こんな『非化学』的捜査に足を取られるのも、かなわない！詳しい事は後程聞くから。」
と言葉を掛け病室を出て行った。入れ替わりに一人の隊員が入って来て、
手島「自分は姫路部隊衛生隊所属の、手島三曹です。昨夜君が、井戸に落ち込んだと聞かされ、急遽付き添看護を命じられ伺ったが、元気な姿を見て安心したよ。体調はどう？発熱、下痢その他変わった症状は無いかね？」

鬼頭「付き添い有難う御座います。目頭の痛みと、お腹の具合…それに体中が痒い症状があります。」

手島「汚水、冷水に長時間浸かっていたのが原因と思うよ。暫くこの病院で治療すれば治るから、安心するように、後で現地から呼び出しがあると思うので、そのつもりでいた方がよいでしょう。昨夜皆が心配して、各方面を捜したとか？何より君の無事な姿を見て、教育隊長以下基幹要員方々の胸中を察し致します。それと予備の、作業服を持参しているので使ってくれ。」

鬼頭「作業服？有難う御座います。何かとお世話を掛けますが宜しくお願いします。」

五 遺体回収

翌朝、衛生隊員、手島三曹より、

手島「体調はどう…？昨夜、今日『遺体』を収容するので、立ち会ってほしいと連絡が

　あったが、君が熟睡していたので起こす事をためらい、用件を聞いておいたよ。」

鬼頭『遺体』の収容？何時からですか？」

手島「十時からといっていたね。」

鬼頭「分かりました、もう大丈夫です。直ぐに身支度をするので、暫く待って下さい。」

数分後、準備を終えた私は、医師の許可を取り、衛生隊の車で現地に向かった。

　外は雨上がりの日差しが強く、私は、少しふらつく状態で、現場に来て見ると、井戸の傍に自衛隊の大型車両数台、外部から井戸が見えない状態に駐車し、その外側を警察の車両が取り囲み、厳重な態勢が敷かれ、井戸傍に消防自動車も待機していた。

　空き地及び幕舎周囲の不整地には、幾筋もの轍が『幾何学模様』を作り、車から品物を降ろす警官の動きがあり、井戸周囲には、雑草及び樹々の小枝が茂り込み、この状態では昼間でも、井戸の存在に気付かないだろう…？恐怖の井戸がそこに存在していた。井戸周囲20m位に数名の警察官が配置され、西側の白い天幕には、制服警官に混じり、私服と白衣姿の人達がおり、東側の広場には緑色の自衛隊の天幕が設営され、姫路部隊より、柴田連隊長始め、数名の幹部自衛官が在席。その中に教育隊長の顔もあり、連隊長と談話されていた。私が車から降りると、幕舎の中にいた衛生隊長が直ちに駆け寄り、衛生隊長「今から井戸底より『遺体』の回収と、現場の実施検証が行われるが大丈夫か？」

と其処にある野外椅子に掛けるよう勧められた。

鬼　頭「少し目眩がしますが大丈夫です。」

と答えると、衛生隊長は連隊長に報告され、以後連隊長と共に警察署員の幕舎に行かれた。
暫くして刑事を先頭に、大勢の警官が幕舎から出て来て、自衛官共々集合した所で、

藤　原「それでは今から井戸底の捜査を始めます！私はこの現場の責任者で、姫路署に籍を置く捜査第一課長の、藤原正二です。」

と自己紹介後、署員方々の紹介を済ませ、今から行なう捜査上の注意事項が述べられた後、『遺体』回収に先立ち、鬼頭自衛官が井戸に落ち込んだ時と、脱出時の実地検証後『遺体』の回収に掛ります。

藤　原「鬼頭さん此方に来て昨夜の状況を説明して下さい。」

鬼　頭「分かりました。私は昨夜二十二時前後、病院の明かりをほぼ正面に見て進んでいると、ここら辺りで、外灯が急に眩しくなり…直ぐに慣と思いそのまま進むと、急に体が空中に浮き、この辺から井戸に落ち込み、冷水の中でのパニック状態が続き…数時間後、仮ロープを張り、それを利用して『円匙』を井戸の開口部に打ちこみ、

脱出しました。」
そこには『円匙』を打ち込んだ跡があり…井戸周囲には雑草が垂れ込み、昨夜の状態だった。
藤　原「この草木の状態なら夜間平地に見え、井戸の存在に気付かず、落ち込む危険性が多いにあるね。この井戸から出られた？正に奇跡だ！良く助かったものだ、冷たい泥水の中での呼吸の確保と脱出作業、大変だったろう！」
鬼　頭「そう大変でした。それと井戸の存在には、まったく気付きませんでした。特に深夜は前方の灯が強く、周囲の視界がかき消され、何も見えない状態だったので。」
井戸の中には脱出時の偽装網が残され、巻尺を持った警官が計測を行い、都度ノートに記録して捜査課長に渡し、課長はそのノートを見て、井戸を覗きこみ、
藤　原「ところで『遺体』はどの辺にあると思われますか？」
鬼　頭「正面壁際辺りと思います。当時、井戸の中を歩き廻りましたが、手前にはそれらしき物体は、無いようでしたので…。」
藤　原「よし！分かった！それでは『遺体』の回収作業に入ります。」
固唾を呑み待っていた、警官達に緊張が漂っていました。
藤　原「まず必要な水を容器に溜めてから、排水作業を始めて下さい。」

合図と同時に待機していた消防隊員が、自動車を井戸傍に移動させ、給水ホースを井戸の中に落し入れた後、力強いエンジンの音と共に、数個の容器に水を張り終えると、勢い良く泥水を遠くへ放水を行い、三十分前後で井戸底が見える様になると、放水を止め残りの水は一人の署員が井戸底に降りて、ロープに結んだバケツでの手作業となりました。

私は、水の無い井戸を見て驚いた。入り口は直径3m位、深さ5m前後（水深2m前後・中央部は直径5m程？特に中央部が広く、断面にすれば文字どおり、お酒を入れる徳利の形をしており、水面上の壁は茶褐色水面下は黒く汚れ、井戸底は黒色の汚水とヘドロが溜まり異臭を放ち、底壁から小量の地下水が湧き出ていた。この穴からよくも這い上がり助かったものだ？思い出してもぞっとする、削り取られた大きな抜け殻が其処にぽっかり口を開け、異様な姿で存在していた。

その後、二人の作業員が井戸底に降り、私の装具の回収を行なった後、スコップによる手作業が続き、異物に触れると慎重な作業で『遺跡発掘』現場の状況が続く中、突然井戸底から、

作業員「『髑髏』発見！」

と大きな声がして、噂どおり黒く変色した『三体の髑髏』が、今は堆積物の中から現場作業員を伺うかの様な状態で、鎮座していた。

これを見た、藤原捜査課長は、井戸底に向かって、

藤原「『遺体』を大切に扱え、傷をつけるな！今の状態で写真を撮り、堆積物を壊さないように運び出せ！」

と声を掛け、以後大きい竹籠が降ろされ『髑髏・脊髄・肋骨・大腿部等の人骨』と小動物の骨が次々と運び出され都度、署員が金網を張った容器で水洗いを行い、鑑識課員による鑑定が行われ、真水で丁寧に汚れを取った『髑髏と人骨』等は、白い布で敷き詰められた仮祭壇に収められ、線香の立ち昇る中、捜査課長の号令で、全員による黙祷が行われた。

特に『髑髏』と『遺体』表面の傷跡等に疑問を持ち、厳密な調査が行われたが、現時点では詳細不明？との事、回収した遺留品の中には『三八式歩兵銃・銃剣・鉄帽・飯盒・水筒・軍靴・弾帯・ボタン・バックル・硬貨』等、これ以外に錆付いた『鉈・鎌・鍬』が原型を留めない状態で取り出されたが特に『鉈と鎌』は、凶器の可能性が有るので、錆びを落した後、作製した鍛冶屋の屋号が記録され、私は目前の黒く着色した『髑髏』と対面し、あの夜交わした被害者との言葉の数々、この世に悲しみと未練を残し、犯人に対する恨みと憎しみを知らされ、約束した被害者の無念の叫びを解き晴らさなければと心に誓い…目頭が熱くなりました。

私は、今から聞かれるだろう犯人及び被害者の氏名と、証拠物件等の特徴を思い出していた。その後、藤原捜査課長は中央の『髑髏』を指指し、

藤　原「それでは君が体験した事を確認するので、協力を頼む。このホトケは誰だ!?」

鬼　頭「歯の状態はどのようになっていますか?」

と聞き返すと『髑髏』を詳しく調べていた検視官が答える。

検査官「虫歯無し、右上下、金歯使用!」

鬼　頭「荒木勇、四十四歳です。」

藤　原「ではこのホトケは?左奥下、三本目に虫歯の治療痕あり。」

鬼　頭「冨永正治、二十歳です。」

藤　原「ほう、良く覚えているな?間違いないだろうな?」

鬼　頭「特徴、氏名は、聞き覚えたとおり申しております。」

藤　原「最後のこの『髑髏』は?」

鬼　頭「佐川清正、当時、姫路部隊の士官教育隊員で親知らず抜歯とか、確認して下さい。」

私のいう事をチェックし、メモを取りながら検視官は、

検査官「各々『髑髏』の歯の治療痕が合致しています。」

と課長に告げていた。

藤　原「ほう、これは驚きだ！正に不思議な事だ！」

捜査課長は頷き、他に思い出したように、

藤　原「これ以外に身元を確認する品物は聞いていないか？」

鬼　頭「あっ、有りました！遺留品の中に弾帯はありましたか？」

藤　原「谷岡刑事！どうだ！弾帯はあったか⁉」

と外に声を掛け様子を伺っていた。遺留品台帳を見ながら谷岡刑事が、

谷　岡「はい、捜査課長、これでしょう？」

と半分ちぎれかかった、帯のような物を持って来た。

藤　原「鬼頭さん、これが弾帯と思うが、これがどうかしたのか？」

鬼　頭「はい、右側の実弾ケースに『印鑑』があるはず…そう象牙で『佐川』と彫られていると聞き覚えています。調べて下さい。」

私が答えると谷岡刑事が腐食しているホックを外し、中から泥で汚れた『印鑑』を取りだし

谷　岡「確かにこの中に有りました！」

と皆に聞えるように叫び係官に渡していた。その『印鑑』は正しく佐川と刻印され、長い間

土中に埋もれていても、少し手を加えると今も使用できる状態の『象牙』独特の光を保っていた。

藤原「鬼頭さん、これ以外に証拠の品は？」

鬼頭「バンドの、バックルはありましたか？神戸大学の『校章』を型取った模様と覚えています。」

藤原「木下刑事！バックルはあったか!?」

木下「課長、二個回収しています！一個は軍隊の物ですから、大学関係のバックルはこれでしょう。」

といって『神大』をもじった白銅製の『バックル』を捜査課長に手渡した。

藤原「ほう、これか？かなり錆てるが『神大』と読めるな…。」

特記事項として『髑髏』及び『遺骨』の表面に『多数の切り傷又は刺し傷』らしき痕があり、鑑識官が入念に調べたが、何故こんな傷が付いたのか？首を傾げるばかりだった。ただいえる事は殺害の時、鋭利な刃物で数回も突き刺し、出来た傷と思われ、そこ迄、犯人は被害者を憎んでいたのか？又は精神異常者か？この件に付き疑問の残る調査となったようだ。

ヘドロを取り出し、野積みにされた井戸周辺では、ヘドロ独特の悪臭が漂い、井戸底ではマスクをした警官が巻尺を持って、池の内部を計測していた。

金　友「今当方の関係者と協議した結果、君の調書は全て『非化学』的で色々疑問点も多いが、一昨日から明け方迄の短時間に、この井戸の中で、事前工作をする事は不可能。特に『髑髏』等は蓄積した沈殿物の下にあり、池底に溜まっていた木の葉枯れ草、その他の沈殿物の状況を詳しく調べた結果、今回が初めての発掘だと確信した。ところで私は、姫路署、署長の金友です。」

といって名刺を渡されると、これを見た他の署員の方々も待っていたように、

水　野「姫路警察署鑑識官の、水野です。」

結　田「加古川警察署、署長の結田です。」

高　戸「小野警察署、署長の高戸です。」

次々名刺を渡され、警察官の態度が今迄と異なり、私も普通の人間だと証明され安心しました。

藤　原「鬼頭さん貴方は被害者と、犯人の氏名を知っていると担当警官から聞いていますが、忘れぬうちに、そこのノートに記入して下さい？」

と言って机を促された。

鬼頭「分かりました。」

私は机に向かい、昨日のメモを取り出すと、

木下「まずこの用紙に住所氏名を書いて下さい、後は貴方の記憶どおりで結構です。」

私は井戸の中で聞き覚えた事柄を思い出し、事細かく記帳をして警官に渡すと、警官はその調書に目を通し、

木下「これで全てですか?良く覚えていますね?」

と言って捜査課長にメモを渡していた。捜査課長はそれを読み、回収した『遺体』及び遺品を鑑別して、各署長と協議を行なった後、

藤原「皆ここに集まってくれ!本事件の、今後の捜査活動に付き打ち合わせと、注意事項を伝える!本事件の捜査本部は姫路署内に置く、本日ここで『遺体』を収容したが、特に『髑髏』との会話に付いては、後日公表する迄、絶対他言せぬように、今マスコミに知れると『非化学』捜査云々で突かれ、その対応次第では、姫路署の威信に関し、多大なる悪影響の恐れを含んでいる事を考え、各自、肝に命じ、自覚ある捜査に徹して頂きたい。今後の捜査に当たり、容疑者と被害者の氏名は、報導機関等に知られぬよう注意して、捜査活動を行ってくれ。今後この事件の対応は、姫

路署内に専用窓口を設置するので宜しくお願いします。連絡事項並びに注意事項は以上です。何か質問はないか！」

小野「犯人に気付かれた場合、どの様に対処すれば良いですか？」

藤原「常に監視を付け本人の把握及び『別件逮捕』の準備をして置く事。それと他府県に犯人が住んでいる場合、姫路署員を派遣して地元警察の応援等依頼するので、そのつもりで行動せよ！」

坂田「報道関係に知れた場合の、対処方法は？」

藤原「井戸から『遺体』が出てきた事は伝えてよし。これを隠すと返って批判を呼ぶので但し『髑髏』との会話、証拠品の『印鑑・バックル』等の出た事は伏せてくれ。特に被害者及び、容疑者の氏名と事件に付いては現在捜査中で判明していない、といって断る事。宜しいですね。それでは『遺体』等は丁重に扱い、『髑髏』には氏名が分かる表示をして、遺留品共々姫路署に運ぶ準備をしてくれ。鑑識官！他に調査したい事がありますか？」

中山「殆ど完了しましたが、井戸の周辺を調べたく思います。これ以外に遺留品の有無確認の為！」

藤　原「分かった！手の空いた署員を使って作業に掛ってくれ！以上解散！」

多数の警官が、綺麗に草を刈り取った井戸の周囲に散り、文字どおり草の根を分け虱つぶしに物探しをしたが、回収物品も無く、井戸の周りは安全上、二重三重のバリケードを張り、全ての作業は終った。

現場を引き上げる前に、藤原捜査課長は部下を連れ連隊長の幕舎に伺い、会話をされた後私の所に来て、

藤　原「鬼頭さん！今日はお疲れ様でした。今、連隊長にお礼を申し上げ、今後の捜査協力許可を頂いたので以後、度々招請しますがよろしくお願いします。」

鬼　頭「分かりました！」

今後の捜査活動について協力する事を伝えた。

自衛隊関係者にも集合が掛かり、連隊長在席の元、第二係主任の出口三佐から、先程の捜査課長の注意事項が再度述べられ、今後警察に協力する旨、周知徹底された。私は、手島三曹と病院に戻ると、看護婦さん達が噂を聞き付け仔細を求められたが、私は井戸に落ち込み、自力で脱出した話しに留め聞かせた。

私が体験したこの『非化学』的な出会い、自衛隊に入隊しなければ…。今頃は美しい瀬戸内の備讃瀬戸で漁獲の自慢話、漁師仲間と時を忘れて酒を飲み嫁取り話等、四季折々村の行事、特に秋祭りのリーダ及び役割分担と踊りの練習等、協力し合って日々島での漁業の生活、文字通り島国根性に冴え、山に架かる雲の状況で、翌日の天気及び波の状況を知り、又美しい夕日で長期の天候を当て、島国根性は育成されたが…姫路部隊に配属、その天空に聳える姫路城を朝夕眺めていると、四百年前後にこの地で『織田』か？『毛利』か？各大名の駆け引きの戦さ、軍馬の嘶き、慌ただしい武士の動きを想像しながら、隊務に励みました。

人生は正しくドラマ、時と場所、その時に於かれた人々との出会い、各々目に見えない個々の運命がある事を体験し、日々の生活においても予期せぬドラマとの遭遇…。その中から想像もしない異常体験で聞かされた、被害者の無念の叫びを肝に銘じ、これらの事件がらみを説き明かす為、今後警察関係署員との会話等を考え、又別な精神的負担を抱えての入院、終生忘れられない、療養生活となったが、入院後の回復は早く、六日後には退院、公私共に何かとお世話なった病院関係皆様に御礼を述べ、姫路部隊に原隊復帰、無理をせず日々の訓練に入っていきました。

六　裏付け捜査(その一)

被害者の確認検証は、生前の住所を基に始められ、荒木勇については、小野警察署に保管されている当時の資料を調査した結果、昭和二十一年七月四日、午後三時半前後、本人を確認、同日午後四時五十二分『加古川線粟生駅』発の列車で明石に行く予定で発ち、加古川駅構内で、それらしき人物を確認したが、これ以後生死不明?この状態が続く中、妻桂子から、昭和二十一年七月十五日、小野警察署に捜査願いが提出され、当署は直ちに近隣警察等を通じ捜索を行ったが、戦後の事各警察署も身元不明者の遺体等も多く進展はかどらず、一年前後で捜索を打ち切った状態となり、五年後の昭和二十六年七月六日、桂子夫人より高岡村役場に死亡届が提出され、受理されていた。当時、荒木が加盟していた播磨地区博労会員の調書より、昭和二十一年七月四日、一泊二日の予定で明石にて博労関係者の慰労会が行われ、毎年これが楽しみだといっていた荒木氏の不参加について、何か特別な事情が出来たと噂をしていたと?記入されていた。参考までに、荒木氏の人柄を列記します。

荒木氏は一人娘の久子をとても可愛がり、久子が十六~七歳の年頃を迎え、美人と噂がたった頃から、村の若者を警戒するようになり、久子が村の青年と立ち話をしていると、その男に暴言を吐いたり、ある時は木刀を持って追いかけたりと噂が伝わり、村人から恐れられていた。久子が女学校卒業後、友人の紹介である会社に内定。その好意を非常に喜んでいたが、しかし娘の入社日が近付くと、今迄の態度を変え、

荒木「俺の娘を勝手によその会社で使うな！お前あの社長からお金を貰っただろう！」

と、根も葉も無い言いがかりを付け、その紹介者と揉めたとか、そのような事が度々あったので、村人達は事あるごとに荒木親父を敬遠していた。荒木は博労関連の会計を久子に任せ、夕方から知人宅でお茶とお花の出稽古に通わせていた。

このように突然豹変し、一般常識に欠ける事もあり、会合での会話は特に気を使ったと、村人達は言っていた。性格を纏めれば次のとおり。

一　人望は厚いが、横柄な態度で、定まった事を勝手に破談に持ち込む事もあった。

二　酒乱気味であり、飲酒三合位で威圧的になり、些細な事から論争も多く、場合により暴力沙汰を起こし、不利な取引をされた場合、何時迄も根に持つ性格。

三　総合的に短気で、非協力的な性格と人々から見られていた。

四　他人との会話及び、行動等…軽視する癖がある。

昭和二十一年七月二十二日、調書作成、明石警察署警部、河田　剛志。
これ以外に不明になった、年月日、時刻、荒木勇が、国鉄粟生駅へ降って行く姿を目撃した村人と、当時改札をしていた駅員の調書で、荒木は加古川駅迄の生存が確認されていた。荒木勇は慰労会の後、加古川市に住む、谷本幸代宅に立ち寄る事を知り、谷本から事情聴取及び家宅捜査を行い、近所の人々からも聞き取り調査を行ったが、当時荒木が伺った様子が無く、目撃者もいなかったので、谷本幸代は、本事件に関与なしと断定されていた。

三　田「有難う御座いました。色々参考になりました。又後日お伺いすると思いますが、宜しくお願いします。ところで、河田警部さんは現在も健在でしょうか?」

小　野「はい、元々元気な方だから、今も変わりないでしょう。昨年暮れのOB会にも出席され、最近は孫と明石城公園を散歩するのが日課とか又明石の浜で釣りをして、自分の時間を楽しんでいる様子、友人から聞きました。住所は、確か明石『天文科学館』の近くと聞いています。」

と答え、取り出した書類を収めていた。お礼を述べ二人は、午後二時過ぎ小野署を出たが、外は湿気が多く一雨来そうであった。

小野「やはりあの自衛官の言うとおり、被害者の、荒木は実存していたのか?」
三田「うん、君はどう思う?我々は職務上、確証の取れない『非化学』的な話しに同調出来ないが…今迄の調査の結果、被害者は間違い無く存在し、何らかの事件に巻きこまれ、今日まで生死不明のまま、忘れ去られようとしていたのか?この事実を知る事で信じたくないが?『髑髏』との会話?こんな『非化学』的事件は初めてで!今後の捜査活動に多大な変化をもたらす事だろう。実に不思議な事だ!君はどう思う?」
小野「私も不思議に思っています。あの自衛官が井戸に落ち込んだ事で、時効寸前の犯人逮捕?ましてや『髑髏』が喋るなんて、やはりこの世では、常識では考えられない事があるのか?死後、恨み辛みを前世に残し感情的な知性を表現する事が出来るのか?前代未聞ですね?これが事実なら、各府県警察暑に持ち込まれた身元不明の『遺体』から犯人と、その事件の内容が直ちに判明され、犯人逮捕、今後の捜査活動は楽になりますね。長期間署員の大半が日夜、裏取り捜査に取り組むも、大半は空振りで身心共に疲れ果て、嘆き苦しみ、そして時間との戦いだったが、これらがすべて省かれ、そこにある『髑髏』から直接犯人と被害者の氏名及び事件の内容を聞き出す事で、直ちに犯人逮捕となると今後長期間の裏取り捜査の苦労がなくなり、これは助かりますね。ところで今から姫路署に出向きますか？」

三田「そう！どの班も厳しい捜索に疲れ果て、何かヒントを求めているだろうから？」

小野「今後はそこに『髑髏』があれば…それから聞き取り犯人逮捕、今迄のような聞き取り捜査が省け、スピーディーに解決、これは大助かりだが…今後の殺人現場には『首無し遺体』が増える事も確かだね。『首無し遺体』の捜査も大変だと思うよ…新しい『遺体』なら指紋、体の傷跡、身に付けている装飾品及び被服、持ち物等から被害者の身元が判明するが？骨格のみの捜査ともなれば歯並び以外は、ほぼ同じ『医学』的に特徴の割り出しは難しい事でしょう。何れにしろ、今後の捜査活動に大きな変化をもたらす事は間違いないだろう。どの警察署も山と積まれた首なし『遺体』の中で、鑑識捜査官の連日鑑定作業…この仕事も大変だと思うよ。そう…未だ時間も早いので、姫路署に出向いてみますか？皆と顔を逢わすのも久しぶり…各班共、捜査は厳しいと嘆いていると思うが、又新しい情報も取れているだろうから？…今後、それに基づいた行動と割り振りもあるだろうから…。」

二人は蒸し暑い道を、粟生駅に向かった。

七　裏付け捜査（その二）

冨永正治の調書は、地元小野署、大原、丸山警部が担当、以下の内容をお知らせ致します。本件は、昭和二十一年九月五日、被害者、冨永正治、当時在籍していた神戸大学より、長期無断欠席の連絡で判明。学校から連絡を受けた両親は驚き、縁戚及び友人達からの聞き取り調査を行うも手掛かりがなく後日、身内・友人達の協力を得て、下宿・友人・知人・本人の立ち寄り先と思われる場所を探し求めたが、何処からも情報は得られず、同年九月十二日、小野署に父親が捜査願いを提出、小野署は直ちに神戸、明石、近隣警察に捜索を依頼しました。

後日十月十五日、明石市の別府海岸で、砂に埋もれていた衣服類を漁師が発見、地元派出所に届け、署員の協力により、被害者の身元が判明、親元に連絡、後日両親が息子の被服だと認めたので、この状況から判断した警察は、遊泳中の水難事故と思われ、後日地元の漁師達が『遺体』の捜索に努めたが、母親の嘆き悲しみは言葉で言い尽くせぬ状態…捜索船より波間に向かって、『正治！正治！』と大きな声で泣き叫び、半狂乱の状態が続き、捜索に加わった漁師達も皆、貰い泣きしたそうです。

このような雰囲気だったので捜索日程も二日程延ばし協力したが、近辺の海で『遺体』の回収は出来ず、後日この近辺の海岸に漂着するものと期待したが、その連絡が何処からも無い状態が今も続いていた。月日も流れ、昭和二十六年十月八日、両親の手続きで地元村役場に、死亡届が出され受理されていた。

両親の話を要約すれば、冨永正治は夏休み終了前の昭和二十一年八月二十五日、神戸大学水泳部合宿の為午後二時過ぎ家を出て、荒木勇の牛舎に行き渋谷熊吉と会う。同日、荒木久子宅を伺い、午後三時半過ぎ久子と別れた後、渋谷熊吉宅に立ち寄り、手荷物を持った正治が、青野ヶ原台地に昇り行くのを確認。午後四時五十分前後、国鉄粟生駅前にたむろする若者達の中に、冨永正治らしき人物の存在を駅員が覚えており、それ以後の足取りが消えていた。

特記事項として当時、小野警察署に任意同行を求めた冨永正治を、浮田、大原両刑事が、昭和二十一年八月十八日、午後二時三十分より三時二十分と、同月二十二日、午前十時より一時迄計二回、荒木勇失踪前の行動を聞き取ると、荒木勇が博労慰労会に行く前に、煙草乾燥場に立ち寄った事実を知り、ここで荒木勇と渋谷熊吉が、どの様な話をしていたのか?話の内容と、博労慰労会の日時行動予定を、その場にいた冨永正治から聞き取り、後日その話の内容を種々検討した結果、荒木勇失踪に関する重大な情報が含んでいる事実を知り、近々再調査を予定していたのに、まさか情報源の、冨永正治が海で行方不明になるとは？当方も今後の捜査活動に多大な支障をきたすと共に、関係署員の嘆き悲しみに言い尽くせぬものを感じ取りました。

唯一の情報人材を失い、今後の捜査活動上又新たな聞き込み等での人員配置、又再情報源の確保等に多大な支障をきたすだろうと嘆いておられた。

八　裏付け捜査（その三）

被害者の佐川清正は、昭和十九年一月十五日早朝、兵庫県小野市、青野ヶ原演習場にて夜間訓練中、その訓練を放棄、職務離脱（脱走）が判明。その後教育隊長より、姫路師団所属憲兵隊に連絡、憲兵隊の動きは速く、関係警察署等あらゆる捜査機関を通じ捜索するも、行き先手がかり無く『官給品横領罪』を科せられ行方不明扱いとなり、終戦。

昭和二十六年四月一日、父母が不承不承ながら地元、善通寺市役所に死亡届を提出、受理され現在に至る。香川県善通寺市寺前町五～十八親元住所に、当時派遣した丸山刑事の特筆として、母親、佐川スミ子の言葉が、書き残されていた。

忘れもせぬ昭和十九年一月二十一日午前二時頃、突然目が覚め足元の障子を見るとそこに、制服制帽姿の清正が立っており、口を大きく開け、話し掛けてくるのだが、言葉がはっきりせず、今も覚えているのは『イイド、ノナカ、』又は『ノナカ・・ナカノイル』と聞いたとの事、このような異変を二～三度経験したという。

四国霊場七十五番札所のある善通寺市に派遣した大坪、川上両捜査官は、直接両親から聞き取り調査を行い次の話を聞かされた。

父親の話によれば、昭和十九年一月十五日の寒い朝、善通寺第十一師団司令部所属の、憲兵隊員が訪れ、その話の中で息子の逃亡を知る。

今後、本人からの連絡、又は発見次第、善通寺部隊に速やかに通報の事、又立ち寄り先等を聞き捜査に協力するよう強く言い渡された。以後自宅は終日、私服刑事の監視下に置かれ、家内は心配のあまり毎日泣きじゃくり、身心共に不安な状態が続き辛く苦しい日々だったようだ。日が経つにつれ、町内の人々もこの話を聞き付け、それとなく患者も遠退き…結果『非国民』扱いのレッテルが貼られ、暫く歯科医院も休業に追い込まれた状態が続き、家庭内は離散家族同様の生活に追いやられたと聞かされたが、帰り際それまで黙って聞いていた母親が、突然声を上げた。

スミ子「清正は逃亡等していません！私には分かります。
あの子はそのような意志の弱い子では無く、しっかりした信念と責任感の強い子だから。今もどこかで生きている事を信じ、何か重大な事を知り、何処かに『幽閉』されているのでは？と色々考えますが…今もってあの子の言った？ノナカ、又はイイドという地名に居るものと思い幾度となく見知らぬ土地を地図上で調べ、その名前の町と村を探しましたが、全て手がかりが掴めず…これからも探せねばと思うものの…もうこの年では足腰も弱く、気のみ焦ります。思いたく無いけど、あの枕元に立った息子の姿を思い出すと、もうこの世に生きていない？何処かで死んでいる？又は、何処かに幽閉されている？等々伝えていたのでは？色々考えると、教育中の若者に、学徒動員令を出した『政府軍関係者』と多数の国民の尊い命と、莫大な不動産の焼失と破壊、国民の生きる気力まで奪った無意味な戦争が、辛く憎く…悔しさだけ残り、残念で…とても言葉で言い尽くせぬ辛い悲しい毎日です。」

このように涙声で述べ、非常に落胆され放心状態だった。

九　俸給盗難事件

昭和十八年、南洋諸島を次々に手中に収めた米軍は、最新鋭の航空機と艦船、豊富な物量に物をいわせ、日本の主要都市並びに軍事施設に対して日夜攻撃を仕掛けて来た。

おりしも主戦を唱える東条首相は、一億玉砕のスローガンを唱え、都道府県各大学に繰り上げ卒業学徒動員令が発せられ、文部省主催の壮行会が、神宮御苑広場で挙行され各都市から選ばれた二万人余りの大学生が、明日の勝利を信じ、国家の礎になる決意に燃え、この広場に集合。整然と整列した学生達を前に、紅白のリボンで飾られた壇上では、第一種軍装の凛々しい東條首相が立ち、壇下では同じく、軍装で着飾った陸海軍の幕僚及び政治家閣僚が、整然と控える中、壮行会が行われ、神宮の森に木霊する、東條首相の稀有壮大な演説と、鼓舞雄大な吹奏楽に、若者達は胸を弾ませ、整然と隊伍を組み、関係機関方々と身内友人、女学生達の見守る中、力強く雨中行進をした。時に昭和十八年十月二十一日、の事であった。その中に、郷里を遠く上京し某大学の教育半ば医師の志を捨て、鉄砲を肩に行進する佐川清正の姿もあった。

註（学徒出陣生の入隊は十八年十二月一日で、二ヶ月間、最寄りの部隊で軍人としての基礎訓練を終えた後、陸海軍の航空隊に配属され航空機の操縦が目的でした。）

佐川士官候補生は、第三師団、姫路野砲連隊、六十七士官教育隊に配属され、日夜士官としての軍務及び実務教育に専念していたが、まさかこのような事件に巻き込まれるとは…。それは皆が待ちに待った俸給日の深夜から明け方迄に発生した金銭盗難事件であった。教育隊には、教育隊長：河合大尉、教官：谷岡・松浦・藤井各中尉、助教：村本曹長、石井・黒岡・三村両軍曹並びに、人事担当：岩宮准尉・松田伍長他五名の兵卒から成る基幹要員と我ら見習い士官教育隊員、三コ小隊百二十名、総員百三十五名であった。

教育期間は二ヶ月で、早くも半月が過ぎ十一月十五日の給料日、深夜に候補生三名の、俸給盗難事件が発生、翌朝全員営庭に整列後、隊長より厳しい口調で事件の概要説明が有り、隊長の命令一下、基幹要員による捜査が行われ、各人の私物検査と建物内外の徹底した検査を実施、一般社会では想像もつかない異常な空気の中、随所で各班長の大きい声が響く。

班　長「誰が盗った！今自己申告すれば、出来心扱いの始末書で済むが、悪事がばれたら…どうなるか分かっているだろう！憲兵隊の厳しい追及と仕置き、捜査では親兄弟身内縁者迄も取り調べ、不幸になるぞ！」

と大声で怒鳴り、この間、教官及び基幹要員は、昨夜の不寝番勤務者と、各候補生の金銭を調べ、先日受け取った俸給以上のお金を持っている隊員達には、特に厳しい詮索と威圧的な言葉での調査が行われた。

班　長「佐川候補、このお金はどうした！昨日受け取った給料より多いではないか？貴様には女友達がいたな？逢引には、お金がかかるだろう、この三百数十円は盗んだ金だね。昨夜不寝番勤務だったと聞いているが、何直の勤務だった？」

佐　川「はい、深夜勤務の五直です。私は盗っていません！この金は母からの送金です。女友達は居ますが逢引する程の仲ではありません。」

疑わしき答え？即答出来ない隊員は、容赦なく別室に監禁、益々厳しい取り調べと拷問が行なわれ、不幸にも所持金を多く持っていた私も疑われた。

班　長「丁度皆が疲れて寝入った深夜の一時の勤務だな。どのような方法で盗んだのか白状しろ！」

大きな声で詰問してきた。

佐　川「どの様にいわれてもお金は取っていません。先週の週番兵に聞いて下さい。母からの手紙を渡された事を知っているので。」

三　村「貴様軍隊をナメルナヨ！」

と同時に三村軍曹の鉄拳が、私の頬に飛んできた。

このような場面があちらこちらで起り、後二ヶ月余りで我々の上官になるので…今の内に痛み付けておけといわんばかりに…そこには憎しみと妬みが加わり、文字どおり秩序の無い修羅場に変わりつつあった。特に支那大陸（今の中国）戦闘で武勇をたて『金鵄勲章』を受章した三村軍曹の取り調べは、特に厳しく、隊長が

隊　長「三村軍曹！其処迄しなくても…。」

と注意すると、

三　村「隊長、新兵は甘やかしたら駄目です。このような若者は責任感が乏しく、敵兵を見たら、一番先に戦場を逃げ出し、見境もなく後ろから鉄砲を撃ちまくる臆病者になり、危険極まりない隊員に育ちます。このような事は大陸戦線で度々経験をしました。」

と反論すると実戦経験の無い、隊長以下基幹要員は顔を見合わせ、これに従わざるを得ない

雰囲気に包まれ、厳しい捜索活動が続いていた。このような状況下だったので、三村軍曹の思いどおりの取調べが進み、事件発生から二日後に私を含めて三名の容疑者が、憲兵隊に連行された。

第三師団姫路部隊は、師団司令部を姫路城東側麓に置き、憲兵・通信・衛生・業務・会計隊等から成り、赤レンガ四階建ての重厚な建物で、練兵場は二ヶ所、姫路城の北と南にあり、城北練兵場では常時操馬訓練が行われ、運搬手段で欠かせない馬も部隊内で六百頭前後、飼育していた（旧城北練兵場は、現在姫路市営の競馬場になっている）。

第三師団本部の主力・野砲連隊は、城北練兵場の北側広峰山麓にあり、一大隊から三大隊迄の、105ミリ野砲大隊と、155ミリ野砲の四大隊、それに対空高射機関砲部隊の、五大隊及び工兵隊・騎馬連隊等から成り、常時八千名前後の兵員が駐屯する大部隊だった。憲兵隊は鬼より恐い『憲兵隊』といわれるが如く、隊員は厳しい面構え、左腕に白地に赤色の『憲兵』の文字入りの腕章と手入れの行き届いた長靴を履き、拳銃を携行、威風堂々皆官僚型の顔をしており、このような雰囲気の中に送りこまれた私は、唯々恐怖感を抱き、苦しみました。憲兵隊員の取り調べは想像以上に厳しく、終日あの手この手と専門的な言葉と怒号、それに鉄拳で体力の続く限り容疑者を取り調べ、翌日又一から調書作成、前調書との比較不一致な点の強固な追求は基より家族の調査と学生生活の様子等、又恋人の有無を郷里の警察から取り寄せ、徹底した取り調べが続き、私は母からの手紙を破棄したばかりに証拠とならず、週番兵から先週書簡を受け取ったと主張しても取り上げられず、逆に憲兵隊員の感情を逆撫でする状況だった。

憲兵隊「貴様！この国家存亡の非常時、何を考えている！医者の子息だから、経済的に恵まれ、日々甘やかされての生活！ここを何処と思っている！『日本帝国陸軍』を学生生活の積もりで甘く見ているのと違うか⁉」

厳しい言葉と同時に鉄拳が頬に飛んできた。

これ以後、非国民扱いの状態に俺はおかれ、父母に迷惑を掛ける結果となり、事件発生から二週間が過ぎても厳しい取り調べは続いていた。憲兵隊に取っては、退屈凌ぎの仕事が来たと思い取られるような行動を暫し目にしたが、容疑者には為すすべもなく、私は精神的不安と判断力低下、それに睡眠不足で体力が極端に衰え、今何を聞かれたのか？どう答えたのか？自己判断が出来ない状態が続いていた。毎日耳元で同じ内容の繰り返し、前日の調書と比較検討の追求はもとより威圧的な大きな声と、厳しい暴力の恐怖…この苦しい取り調べが何時まで続くのか？心身共に疲れ果て、この状態で体力が保てるのか？不安な日々が続いていた。

　後日、非合法な取り調べで作成された犯罪調書を読み聞かされ、不本意ながらこの苦しみからの開放を望み、関係書類に署名と捺印をさせられ、身に覚えの無い金額の返済を申し渡されたが、これに従わざるを得ない心境に追い込まれていた。平時又は戦況有利な時なれば懲役又は犯人扱いで退役扱いにされたと思うが？今は戦況不利一兵たりとも貴重な時、静養そこそこに、原隊復帰を命ぜられ、訓練課程に入っていった。日毎、戦況益々不利、主要都市攻撃を行う米軍機の動きに動揺する中、年末を迎え、十二月十五日、私は不審番勤務に就き窃盗現場を目撃、我が目を疑いました。犯人の慣れた巧妙な手口と行動を今回も深夜勤務の六直で、午前二時〜三時の勤務だった。教育隊舎は、木造平屋建てで、中央廊下を挟み両側に十部屋並びの構造、各部屋、十二名の隊員が収容され二段ベッドを使用、廊下突き当たりに、隊長室、講堂、事務所、教室（三室）資財倉庫、基幹要員の宿泊部屋等の施設だった。

　不寝番の勤務時間は、午後九時より翌朝六時迄、各人一時間の交代勤務で、二週間に一度位の、輪番制勤務だった。目的及び任務は別記のとおり、各部隊共、それぞれ部隊の環境及び地域に併せ、守則が異なり、七項目前後の遵守事項から成っていた。

十　犯行目撃

『不寝番勤務守則』
この不寝番は『姫路第六十七、士官教育隊不寝番勤務』で規則及び任務は次のとおりである。
一　外部、侵入者及び、内部脱出者の、警戒並びに監視に当る事。
二　防火防災、初期消火に努める事。
三　熱発、及び急病患者の早期発見に努める事。
四　緊急時の早期対処、週番士官及び、週番下士官へ早期通報。
五　勤務者の交代は定位置にて、申し送り事項及び物品等を、確実に行なう事。

以上。

このような規則から成り、野営訓練でも名称及び内容を変え、不寝番勤務が行われていた。これ以外に、基幹要員には、週番勤務があり士官、下士官、兵長の要員が、二十四時間体勢の勤務に就き、おりしも十二月十五日は三村軍曹も、週番勤務に就いていた。夕食後、三村軍曹はささいな事から、士官候補生全員に集合を掛け、グランドでの早駆け、腕立て伏せ、又は鉄棒等で、体力増進と称して体罰を加え、哀愁を誘う消灯ラッパの響きと共に、営舎内では明かりが消され、静かになったが、そここに軍務の厳しさ辛さ、上官達の理由の無い仕打ちの繰り返しの体罰で…郷里を思い、年老いた父母、兄弟の安否を気遣い？そこかしこから号泣が聞こえ、裸電球の淡い光が冷たい廊下を照らす中、不寝番勤務者の靴音がコツコツと響き、営舎内は昼間と違い静寂そのものだった。

私は深夜勤務に就くので早々にベッドに入り、少しは眠っただろうか？三時間後に前任者に起され、身支度を整え勤務に就いた。深夜又は明け方、週番勤務者による不定時刻の巡回があり、この週番兵を見付け次第、不寝番勤務者は挙手の敬礼後、第六十七士官候補生教育隊不寝番～候補、服務中異常無し！と報告が義務付けられ、この時の報告及び服装態度の対応により、週番仕官からの厳しい体罰が待っていた。私は、深夜勤務を終え、小用でトイレの窓から何気なく営舎内を見ると、五号室に懐中電灯の動きと怪しい人影を目撃。不審に思い窓下に身を隠して、中の様子を伺うと、そこに三村週番下士官が居て、何か怪しい行動をしており、よく見ると寝ている隊員の胸当たりに、針金を差し込み、首にかけていた貴重品袋を取り出そうとしていた。鍵形にした針金に貴重品袋が掛かったのか、寝ている隊員の呼吸に合わせ少しずつ手前に引き出し、その袋の中から紙幣を抜き取った後、袋を毛布の下に隠し、素知らぬ顔で現場を離れて行く三村軍曹を見て、私は冷水をかけられた如く身体がガタガタ震え、恐怖心を抱きその場を静かに離れたつもりだったが、私の動きを知っていたのか?自室に戻る前に、三村軍曹に呼び止められ教室に連行され、そこで今、見た事を厳しい言葉で問い詰められた。

三　村「今見た事は知らぬ事にしろ!今後貴様の『営内生活』に於いて便宜を図ってやる。」

と威圧的に申し渡されたが…この男に前の事件で苦渋をなめさせられたかと思うと悔しかったものの、後二月程で…と思うとその時は条件を呑む以外、打つ手はなかった。

翌朝盗難話があったが、三村週番下士官が早々に現場に立ち会い、被害者の寝具の中より金子を取り出し、被害者の思い違いと言う事でケリを付けた。

そこにいた私は、この男は盗癖のある危険人物で、己の行為に恥じ入る反省も意志も無く、部下に罪を負わせ、取り調べでは、あくどい職権乱用を意のままに捏造する極悪非道な男と思い、驚き嘆きました。

相変わらず教育隊では厳しい日課が続き、十二月に入ると士気の昂揚、体力の強化を目的とした寒稽古が行われ、各部隊十二月十五日~二十五日迄、訓練に入り銃剣道・剣道・柔道・空手道・持久走等の訓練が実施され、起床も一時間早く各自、身支度を整える頃には、各部隊の掛声が連隊中に響き渡り、初めて体験する新兵の私達には、これが頭痛の種だった。私は銃剣術を望み、夜明けの暗闇の中、日頃の鬱憤を晴らす為、基幹要員をそれとなく探し出し、ところかまわず木銃を突きつけ、お互い面を付け、吐く息が白く、はっきり相手の顔が確認出来ないのでしてやったりと、一人喜んだ事もあった。十二月二十五日は、寒稽古の打ち上げで、部隊対抗の武道試合が行われ終日祭り気分だった。

又この日は、期末手当が支給され隊内は陽気な雰囲気が漂っていたが、又しても二十五日深夜から、二十六日の明け方に掛け、教育隊では再び俸給盗難事件が発生したのである。今回は五名が被害に遭い、その中に週番勤務の三村軍曹も被害に遭っていた。

私は、当日十五時、松田軍曹指揮のもと教育隊から二十名編成で衛兵見習勤務を命ぜられ、二十四時間教育隊舎を離れており、今回の盗難事件には関係無く、目前で行われる厳しい取り調べを傍観出来る立場だった。前にも話したとおり、その取り調べは人格を無視し、暴力と暴言を浴びせ、その容疑者に恐怖心を煽り、追求する言葉も徹底して厳しく、目を覆う場面があちこちに展開していた。今回は被害者が多いのと、その中に基幹要員が含まれていたので、教育隊長の厳命で直接憲兵隊の取り調べとなり教育隊内で厳しい捜査が続いた結果、六名の容疑者が憲兵隊に連行された。

私は怒った！今回も間違いなくあの軍曹が犯人だ！本当に悪賢い奴！今度は被害者になりすまし、事件に関係無い同期生を犯人に仕立てての行為に本当に腹がたった。今に思えば事件発生の度に、あの三村軍曹は週番勤務に就いている。これは偶然であろうか？いや週番勤務の時間を利用しての、あくどい盗癖行為だと思い悩んだ。

上下の厳しい軍隊での行為は、その取り調べで容疑者の意見は全て無視され、暴言と暴力の中、命を落す危険性も多分に含んでおり、前回、私も疑いを掛けられその場を経験したので、その恐さが充分に分かっている。今から犯人扱いにされ、憲兵隊で厳しい取り調べを受ける同期生達の姿を想像すると、いたたまれなく思い悩んだ。

今私が犯人は、三村軍曹だといっても教育隊長始め、基幹要員の方々がこの意見に耳を貸す人はまずいないだろう。上官達は互いに強い信頼感で結ばれており、疑いは全て新兵に向けられ、悔しいけれど今回は目をつぶったが、場合によっては先程の考えを捨て、直接上司に具申する考えで、それとなく様子を見ると共に、この不正な取り調べに対して微力ながら私なりに捜査を試みる事にした。

後日、三村軍曹と意気投合している中島伍長にそれと無く近づき、正月三ヶ日の内、一日だけ外出の許可が出るので、二～三名の同僚と外出、姫路城を見学後、一杯飲みたいと言っ

ているが、何処で飲めば良いか雑談を交えて聞いてみた。中島伍長は笑いながら、

中島「そうね…。色々酒場もあるが？酒を飲むなら野里にある『瀧見屋』が良いかな？サービスがいいぞ。嘘と思うなら中島がいった！いや三村軍曹の紹介で来たといってみろ、間違いなく安くしてくれるよ。ハハハ…候補生達も、今は二等兵だけど、後二ヶ月余りで俺達を飛び越し、上官になられるので、今の内にゴマを擦っておかないと…その折は宜しく頼みます。」

と言っていたので、私はこの時とばかり、三村軍曹の人柄等を聞いてみると、中島伍長は、軍曹は命からがら、支那大陸戦線から転属して内地の部隊に帰ってきたが、本人曰く『命が有る内にしたい事をせよ！』というのが彼の口癖…隊内生活面で気が合い、軍曹とこれまで付き合って来たが、軍曹の気性と、異常な浪費癖を知り、今後の付き合いは、もう懲り懲りといっており、被害に遭った当人は、何時もと同様、派手な遊びを続けている事を知った。

年末を控え、気分的にも忙しい日々、どの作戦地域からの手柄話や嬉しい情報もなく、上司の訓示は何時もどおり言葉も重く、話の最後は、必ず悪いデマに惑わされる事なく、各自信念を持って、この難局を乗り切ろうと鼓舞していた。今更、私はどうでもよかった。願わくは一日でも早くこの教育隊からの解放である。

今まで私がこの世に生を受け、人間社会で培って来た事や大学で学んだ事は何だったのか？日々上層部からの誠らしい情報を聞かされ、それを基礎に訓練行程に組み入れての指導？素人の私達にも矛盾点が多いと感じていても不平も言わず、訓練に励んでいたが？日本の将来を考えると一喜一憂する不安定な日々でした。今も、数十機編隊の『B29爆撃機』により、空襲を受け燃え続ける、姫路市広畑工業地帯辺りを見て、この軍事教育が今の我国に役立つ教えなのか？新兵の私達でも疑問を抱く日々だった。

私の信念は、日本の将来の事より、身近な内務班で起きた『金銭盗難事件』の犯人探しに心は動き、過去に犯人扱いにされた苦い体験と苦しみを想い出していた。待ちに待った正月を迎え、形ばかりのお酒と鰹節が出て、祝日気分を味わいました。

正月二日、私は椎名・西村両候補生共々、久し振りに外出をして、日の丸と旭日の旗で飾られた、姫路駅前通りの商店街を歩いたが、今は戦時中、何処も正月気分の賑わいは見られず、人の動きにも暗く寂しい感じを受けたので、白壁作りの雄大で美しい姫路城の天守閣、最上階まで登り、市街地を望めば、米軍の爆撃で、姫路駅前商店街及び、東新地当たりは、大半消失、人間の浅はかな行為に、怒りを感じました。

十一　料亭での聞き取り調査

正月二日、中島伍長から聞いていた『瀧見屋』へ、椎名・西村両候補生と伺い、酒が入ったところで、三村軍曹の話を持ち出してみた。すると女将らしい方が問い掛けて来た。

女将「貴方達新顔ね…三村軍曹を知っているの?」

佐川「知っています、私達の班長ですから。」

女将「そうあの人お酒強いわね…それと、こちらの方も。」

と小指を伸ばして笑っていた。それを聞いた別の女性が、

女性「あの人、今回お金盗られたそうね?」

と呟くようにいっていたので…?

佐川「なんでその事を貴方達は知っているの?」

と、いいながら…お猪口を持たせ酒を注ぐと、それを一気に飲み干し、

女性「知らぬは仏様ばかり…こんな事すぐ分かるよ…。」

佐川「じゃあ軍曹は、最近こちらに来てないの?勿論期末手当を盗られたのだから。」

女性「それが前と同じ!来年になれば南方方面?又は大陸戦線へ転属だろうと一人合点し

…むしろ今迄以上に来ているわよ、何処かお金の成る木を持っているのと違う…？
私もあやかりたいわ、アハハ御免ね…私一人で喋って。」

返杯する杯に、今一度お酒を注ぐと、それを一気に飲み干し、

春　恵「悪いわね。今後この店をひいきにしてね。私、春恵と言います…宜しく御願いします。調子に乗って、色々喋ったけど、今の話…誰にもいわないでね。」

私達は初めての店であり、多数の上官が出入りしているので、緊張しながら話題を学生生活の話に変え、早目にこの店を引き上げたが、もう一軒、三村軍曹が良く行くといっていた料理屋、『黒金』にも伺ってみた。時間は午後三時過ぎだったが、さすが軍隊の街だけあって、姫路城東側を南北に伸びる播但道路を行き交う軍関係車両の頻繁な動きと、軍人の姿が多く見られ、街並みは城下街にふさわしく、本瓦白壁塗りの住宅が『姫山公園』の樹木に調和し、美しい佇まいを見せていた。

この幹線道路を一筋東に入ると、名だたる料亭が軒を連ねる野里町で、正月といえどもその殆どが営業中で、各々玄関両側に重みのある門松と、清めの盛り塩が置かれ、軒先には日の丸が寒風に揺れていた。訪れる客の殆どが将校達で、私達新兵には場違いと感じつつ、数ある料亭の中から『黒金』を見付け、不安を持ちつつ思い切って伺いました。

通された二階の窓からの眺めは抜群で、今にも飛び立ちそうな美しい『白鷺城』の姿を下から仰ぎ見る事ができ、案内された部屋の壁に『陸海軍名将』の写真が数多く飾られ、強い緊張感を抱きながらの飲食となった。女将らしい年配の方に、三村軍曹の噂を入れ…様子を伺ってみると、

女将「あら貴方達、村さんのお友達?違うよね…階級が全然違うし?新兵さんよね。」

これを聞いた三人は、頭をガンと殴られたような不愉快な気がしたが、三村軍曹は今我々の上官で教官をしていることを答えると、若い女性が運んで来た銚子を女将がすかさず取り上げ、皆にお酒を奨め、何か意味有りげに呟くような声で、

女将「あっそう!道理で金払いが良いと思ったわ『村さんを称して男の中の男』というのでしょうね。」

次々と運ばれて来る料理を口にしながら、

佐川「私も、女将さんから言われるような、男の中の男に成りたいな…どうすれば、いいのかな?」

と言いながら、お酒を奨め、私の差し出した杯を、美しい指先で受け取り、私がお酒を満たすと、それを一気に飲み干し、

女将「あら若いのにお上手な事、ホホホ、そうね、村さんの武勇伝を聞いてそう思ったの。又宵越の金は持たぬとか?金払いが良く、先週もいらっしゃって、ここに五拾円預けておくからジャンジャン酒を運ぶように、『女将!今年は無事暮れそうだ!来年は命の保証は無い…』と雑談を交わしながら私も時間の許す限りお相手をしました。村さんには特別に気を使っています。お帰りの際、幾らか残っていたお釣を渡すと、『ああいいよ、取っておけ!俺が死んだら線香でも上げてくれや?』このように言い残して帰って行きました。ほんまに武勇やわ…。」

佐川「そうか?男は武勇とキップの良さか!」

女将「村さんは、外地の勤務が多いとか?周囲は皆敵、異国での任務、大変だったと思います。内地もこの戦況、秩序の乱れに不安な事も多くありますが…軍人さん達のお陰で、私達は日々安心して生活が出来る事を感謝しています。」

佐川「そうね、本人の希望を無視、簡単な命令書で何処にでも移動さす…非人道集団、軍隊組織運用の偉大さに驚きますが、その反面、憎しみと悲しみも感じます。」

三人が雑談を交わし飲み食いをしている間に階下のラジオは間断なく、艦載機による都市攻撃のニュースを報じており、そろそろ上官達が来る時間帯になったので私達は早目に退散しました。

私は、今日聞き取った話が本当とすればやはり犯人は、三村軍曹に間違いない。今回は現場を見ていないので確証は無いが…無実の罪で連行され、言語絶する厳しい取り調べを受けている同期生一人一人の顔が浮かび、どうすれば良いのか思案が募り、床に入っても寝付けぬ夜が続いていた。

正月三ヶ日は小雪舞うも穏やかな天候であったが、四日以後は寒さ厳しく、隊内の小池にも、薄氷が張り、私達の日課も最終段階を迎え野営訓練を残すのみ、教育隊といえども今迄以上に張り詰めた空気が漂っていた。

各都市の被害益々甚大、姫路部隊でも新隊員の入隊と『外地に出兵する隊員』の見送りが頻繁にあり不運にも『戦死して原隊に帰る英霊』の出迎えも日毎に多く、涙を誘った。待ちに待った最終野営訓練が、昭和十九年一月十一日～十五日迄、四泊五日の予定で、青野ヶ原演習場にて実施された。

十一日の午前六時、野営に必要な資財と寝具類は別動隊が運び、我ら教育隊員は、小銃携行、第二種軍装で朝食時、昼夜二食の食料を飯盒で受け取り、午前七時姫路部隊を出発、小雪の降る中、一路姫路から北東の『青野ヶ原演習場』迄約三十六ｋｍの徒歩行軍だった。

この行軍中、路上斥候敵襲に対し反復応戦訓練、伝令伝達訓練等が盛り込まれ、出発から十時間後の十七時、皆ヘトヘトの状態で演習場に到着、即に個人天幕設営後、夜間訓練に移行しました。

十二　雪中野営訓練

二日からの訓練計画は次の通りでした。

二日目　築城訓練（トーチカ、タコツボ、塹壕等）。
三日目　偵察斥候・戦闘斥候・戦闘訓練等（部隊を二分にして）。
四日目　指揮命令・部隊間連絡等。
五日目　夜間戦闘訓練・並びに部隊間の伝令伝達訓練等。

私はこの訓練期間中、三村軍曹に近付き、期末手当盗難事件の真相を聞き出すつもりでいたのでこれを感じ取ったのか、鬼軍曹も先日の盗難事件以来、私には極力笑顔で対応するようになっていたので言葉を掛け軍曹の反応を見る事にしました。

佐川「軍曹!今夜消灯後、話があるので前の三本松の所まで来て下さい。」

と伝えると、軍曹は顔色を変え、

三村「何!話だと?今ここですれば良いではないか?」

佐川「ここで聞いても、いいですが?他の方々に聞かれたら軍曹不利になりますよ、それでよければ。」

三村「うん、分かった消灯後に行くよ。」

消灯後二人は、三本松の根元に座り話をしました。

佐川「軍曹本等に被害に、遭いましたか?」

三村「本当だ!本職の、憲兵が調べ犯人を突き止めたではないか!」

佐川「そうかな…現に私も厳しい取り調べの後…犯人にされたので…。」

三村「俺が盗ったとゆう証拠があるのか?あるのならいって見ろ!」

佐川「今回は現場を見ていないので…ハッキリいえないが、以前の手口から想像して。」

三村「貴様、生意気事をいうな!いい加減な事で犯人呼ばわりしやがって!場合によれば、上官侮辱罪で訴えるぞ！」

佐川「いい加減な事ではないですよ。唯、私が話を出せば、憲兵隊が軍曹を調べるでしょう。」

三村「他に何を知っているのだ!?」

佐川「知っている？そう軍曹殿が素直に聞いてもらえるなら、黙っておこうと思いましたが…実は、正月休みの外出時、軍曹の行き着けの料亭で、色々な噂を聞きました。期末手当支給後も、どの店でも金遣いが派手でしたね？」

三村「畜生！そんな探偵みたいな事しやがって…他に誰が知っている？」

佐川「それはいえません、他の者は軍曹の金遣いが荒い事は感じたでしょうが、犯人と思ってないので…それと私もこの件に付いては、誰にも喋っていません。」

三村「それで、どうしようというのだ！いってみろ！」

佐川「犯人にされた同期生が可哀相です。ただ働きの上に盗ってもいない、お金の返済を考えれば…軍曹は武勇を立てた立派な軍人、何とか考えてやって下さい、この教育期間終了までに…彼らには、転属費用も無いはずですよ、家に送金している状態だから。」

三村「そうか悪かった、考え直そう…。しかしそれが出来ぬ場合は？」

佐川「仕方が無いですね。私が士官に任命後、憲兵隊に報告、軍曹が何処に居ても、取り調べを受ける事になるでしょう？」

三村「畜生、そこ迄考えているのか！」

佐川「まあ、そんな事にならぬように…。」

三村「俺の行き付けの店を、誰から聞いた？」

佐川「誰でも良いでしょう…この件に付いて他の者は、何も知らないのですから…あまり、詮索すると却って可笑しくなりますよ。」

三村「そうか、もう一度尋ねるが、この件に付いて貴様以外誰も知らないのだな…。」

佐川「約束します、他の者は知りません。」

三村「分かった！明日の夜間訓練は、今迄にない厳しい訓練になるだろう、だから少しは楽な伝令要員として、俺の傍で働くよう隊長に許可を取るので、全て内密にしてくれ良いな。」

佐川「伝令？同期生と同じ訓練でいいですよ…そのつもりでいますから。」

三村「まあ明日考えておこう。」

この様な会話を終え、寒風の中テントに引き上げた。この野営期間中、前にも述べた不寝番勤務があり、外套で身を包み、小銃を携行した勤務者が、『止れ誰か！』と誰何する声が時折聞えていた。

翌朝、目を覚ますと外は一面銀世界、周囲の山々はかなりの積雪で、所によっては、掛軸に出て来る『華麗な水墨画』を見るようだった。日が昇ると共に、演習場はぬかるみ、移動の度に足元を取られ苦労して最終訓練に入った。朝食後、天幕の撤収を行い、帰隊準備を強いられたが、これが教育隊での最後の野営訓練だと皆、不平もいわず意気盛んであったが、昼頃より鉛色の雲が空を覆い間断なく雪が降り続き、強風が吹き荒れていた。

この激しい雪中訓練を体験しながら、前に聞かされた明治時代後半、青森第五連隊二大隊の隊員が犠牲になった『八甲田山雪中遭難事件』（明治三十五年一月、犠牲者百九十九名）を思い出し厳寒と自然の力に極限の状態に追い込まれ、それでも生き残る為の強い執着心を持ちながらも、普段考えられない異常な行動を取る隊員…目前の川に飛び込む、或いは防寒服を脱ぐ隊員等…傍で倒れ行く同僚を見ても何も対処出来ない苛立ち…遠く青森の悲劇の台地『八甲田山』での厳しい雪中訓練を想い出していた。

今夜もかなり降雪が予想されたが、夕食後、森川教育隊長より訓示が伝達された。

森川「候補生諸君！ご苦労！今夜の夜間演習を以って、教育隊での野外訓練は終了となるが、寒さ一段と厳しい折、候補生諸君！各自健康に留意し、この教育期間を無事終了してくれ、各部隊は優秀な君達の配属を、今や遅と待っている。君達が何処の部隊に配属されるか、今の段階では不明だが何れの部隊に配属されても国防の任務を遂行し、後輩の指導に当たって頂きたい。亦各戦線に於いて『日本軍は、祖国の繁栄と勝利を信じ』益々国防意識に燃え、我が身を捨て苦しい戦況に立ち向かっている時！君達も、栄えある帝国軍人の士官要員としての自覚を持ち、日夜軍務に専念し、軍部の方針に従い一致団結、国民と共に、この難局を乗り切ってほしい、これが諸君に課せられた、今の任務だと思う。」

このような訓示内容であった。訓示終了後、教官より夜間演習に付いての趣旨説明があり、私は伝令要員を命ぜられ、数名の者と伝令任務に就く、部隊を『青軍と赤軍』に分け今迄に行ってきた『夜間戦闘訓練』を主とした総合訓練で、訓練終了予定時刻は、昭和十九年一月十五日、午前五時三十分、以後『国鉄粟生駅発』午前六時四十五分の列車で、姫路に帰隊する予定だった。

夕刻から寒さ厳しく雪が間断無く降り続いており、私佐川は第二小隊の後部に随行、前進する小隊の軍事行動と共に目的地に向かっており、午後十二時演習場北端を出発、一時間余り経過、この頃より間断なく吹き付ける強風…、降雪も激しく積雪二十五㎝以上となり、隊員の動きを確認する事が、難しい状態となったが、皆不平も言わず戦技訓練に併せ、応用実技訓練が続行されていた。このような状況下でも暫く計画通りの訓練が実行されたが、教官北之原中尉の発言で、一部訓練の省略及び変更案が検討され、教育隊長宛に伝令を出す事となり人選の為、三村班長が呼ばれた。班長は部隊をその場に停止させ、私を伝令要員として選び、私が木田中尉の前に出ると『国鉄粟生駅』前広場で待機中の教育隊長の元へ、派遣を命ぜられた。

木田「命令一ッ！降雪甚だしく視界不良！よって以後の訓練は、第三教課に変更、許可願いたし！指示待つ発信、木田中尉以上！」

私はこれも訓練だと思い、命令事項を復唱復命して現地を離れ、不慣れな積雪の台地を駆け抜けていると、後ろから大きな声で呼び止められ、振り向くと三村軍曹が追い駆けて来て、この雪道だから、途中迄同行して近道を教えてやると先導した。

十三　雪中での犯行

積雪した演習場内は道が判明出来ぬ程、今も雪は降り続いており、軍曹の後ろ姿を追い求めるような状況だった。

二十分程走っただろうか、軍曹が少し休もうと雑草が茂る場所を選び、積雪に腰を降ろし煙草を吸いながら小休止をした。

三村「ここまで来ればもう分かるはずだ！正面に建物が見えるね？あれが『国立青野ヶ原陸軍病院』だ！道は病院左手にあり、そのまま進むと青野ヶ原を東西に走る道路に出る。この道を左折して台地を下って行けば『加古川線粟生駅』に出る。その駅前広場に隊長が待機されているから。」

佐川「分かりました！」

私が立ちあがった時、背後にいた軍曹が突然、銃剣を抜き、露出している私の首筋に、突き刺してきた。瞬時、激痛が走り何の抵抗も出来ず、薄れゆく脳裏に

三村「ザマ見やがれ！軍隊をナメ、あまり知りすぎるからこのザマだ！若造思い知ったか！」

軍曹の声が微かに聞えていた。その後、激しい水飛沫と共に、冷たい水の中でもがき苦しみ死に追いやられた。三村軍曹はその場を速やかに離れ、皆の待つ第二小隊に帰って来て、隊長の指示待ちの時間を利用、隊員を集め焚火で暖を取りながら、中国大陸での戦闘体験の話を聞かせ、時間を費やしていたが、余りにも伝令の帰りが遅いので、第一小隊に連絡を取り、午前三時訓練内容を、第三計画に変更して、実施される事となり『千代の墓』辺りから打ち上げる照明弾を頼りに、雪の降りしきる中、部隊は移動して行った。

第三計画は『千代の墓』に全員集合以後、一般道路を利用しての夜間行軍、あくまでも敵前を想定した静粛な訓練が明け方迄続けられ『国鉄粟生駅』前に全員集合したのは、午前六時十分だった。個人点呼及び装備の点検が行われ、そこで佐川候補の不在が判明、行動を共にしていた隊員から状況聴取したが、隊員から期待した回答得られず…?教育隊長は最後に別れた三村軍曹の話を基に、緊急捜索会議が開かれた。部下思いの教育隊長は、三村軍曹に

森川「軍曹、最後は何処で別れた?その時の様子を話してくれ。」

と仔細を求めた。

三村「はい、隊長!私はこの雪だから、口で言っても初めての隊員には分からないと思い、病院迄同行そこで近道を教え。そう時間は午前二時十五分頃でした。」

森川「そうかその時の佐川候補の体調は？気に掛かった点はなかったか？そこからここまで一本道、外に迷う所あるかな？約四時間経過している寸度心配だね！何処かに倒れているのでは？」

三村「体調は外見上、変わったところは有りませんでした。地理に不安な処はありますが、道に迷う事は無いと思います、唯その時は大雪でしたので。」

森川「佐藤中尉部下を連れて病院を訪ねてくれ、今不在でも後程訪ねて来る可能性もあるので、『国鉄粟生駅』の電話番号を、病院関係者に知らせて置くように。」

佐藤「佐藤中尉了解！直ぐに現地に赴き、捜索の手配を行ないます。」

森川「それでは出発の時刻も迫ってきたので、全員による捜索は必要ない！各班共元気な隊員を十五名程選び捜索に当らしてくれ、尚先発隊の指揮官は、藤井中尉が執り帰隊後、連隊長及び大隊長・憲兵隊に通報、こちらの捜索状況を逐次、お知らせする旨、伝えてくれ。」

藤井「藤井中尉了解！直ちに帰隊して、関係者に状況報告いたします。」

駅前は、各班長の名前を呼ぶ大きな声で騒然となり、短時間に六十名の人選を行い、教育隊長以下、六十六名を六班に分け、次に掲げた場所を重点に捜索する事となった。

一、演習場周辺の民家、及び農作業小屋、田圃の藁ぐろ。
二、演習場内、特に病院付近、及び演習場に入る各道路。
三、演習場近くの国鉄駅に行き、佐川候補の人相を伝え、列車利用の確認。
四、神社・仏閣・橋の下等。
五、廃屋・資材置き場・荷車等。
六、校舎・集会場・車両倉庫等。

以上。

森川「各班長集まれ！本官は、現在地『粟生駅』前にて暫く待機する。佐川候補は体力抜群、生命に以上は無いと思うが、土地勘の無い隊員だから…予想外の行動をとる事を考えると心配だ。村人に、粟生駅の電話番号を知らせ、通報を依頼する事。これ以外に捜索する所あるかね。異常があれば即連絡をせよ、捜索内容次第では、至急憲兵隊に知らせる必要があるので、先程の個所を調べて状況を最寄りの電話又は伝令等で知らせてくれ、以上。」

各班は効率良く捜索が出来るよう、人員及び、捜索場所を細分化し、グループ毎出発した。

三村軍曹は、第二班長として病院周辺を担当して、九名の部下と捜索に当たり、まず病院周辺を詳しく調べ、そこから積雪の台地を昨夜とは逆に、広い原野を北方に進み、大きな樹木の根元等を捜索、又原野に点在していた『野井戸』も二ヶ所調べさせ、浮遊物の状況及び、氷の状態を確認させ報告を待った。

野井戸を調べた隊員が、『井戸の氷の状態、異状無し！』と答が返ってきたので、全ての捜索内容を病院の電話で隊長に報告後、隊員を引率して帰ってきた。

この時刻になるとあらゆる捜索隊から通報が入り、最後の通報を受け取った隊長は、姫路部隊連隊長及び憲兵隊に仔細連絡、以後連隊長の指示を得る為、今暫く『粟生駅』前の仮設テントで待機されていた。

連絡を受けた憲兵隊の動きは速く、佐川候補の人相写真と服装を、本籍地及び在籍していた大学周辺の『警察』及び各交通幹線駅に連絡、見付け次第『脱走兵』として保護、もしくは逮捕して、直ちに最寄り警察に通報するよう指示を出し、本格的捜索に入ったが、数日過ぎても手掛り無くこの間、教育隊では特別の調査も実施され、特に親しい友人達から詳しい調書を取り種々検討した結果、十一月の金銭盗難事件で相当なダメージを受け、心身共に衰弱、又思想的に将来を悲観しての『脱走』と断定された。

罪名『命令違反・職務離脱・官給品横領罪』等だった。

十四　捜査会議

　昭和三十一年六月十一日、午前九時より姫路署において、各々捜査官が持ち込んだ調査資料を基に合同捜査会議が実施された。

　玄関横に『野井戸殺人事件捜査本部』の看板が設置され、署に出入りする署員の目には複雑な思いに併せ、皆初めて体験するこの『非化学』的事件の捜査会議に当たり、各自不安と緊張感もたかまっていた。

　前日から降り続く小雨が、姫山公園の若葉を鮮やかに育て、早蝉の鳴き声に併せ初夏の季節感を受け止めたが、会議室内は外の空気と異なる雰囲気だった。

　中央黒板に、被害者の住所氏名写真等が添付され、見慣れない捜査官達が真剣な顔立ちで在席され、姫路署の署長の挨拶に続き、藤原捜査第一課長の経過報告後、各署の捜査官が調査担当し被害者遺族から得た捜査内容の報告と、今後の見透等が述べられ、以後各自治体役所、警察署から取り寄せた調査資料をもとに種々検討した結果、被害者の三名は間違いなく調査資料に記載されている町村に実存していた事、各警察で調査した年月日頃、捜査活動を実施したが作業は捗らず、以後、行方不明扱いとなっている事実を確認したのである。

今後の方針として、この事件は『非化学』的、捜査の原点が起点、全ての行動に秘匿性を持ち容疑者の確認、犯人逮捕、被害者身内への真相報告等が詳細に協議検討され、担当署員の人選と新たな任務の割り振りも決め、各自初心に還り、今後の捜査活動に向かって動き出した。

十五　容疑者逮捕

藤原捜査課長指揮のもと、昭和三十一年六月十九日朝、兵庫県加古郡高岡村、三～十七番地、渋谷熊吉の家へ、姫路署員十数名がジープに分乗して乗り付け、到着と同時に署員の一人が渋谷宅のドアをノックし、出てきた久子に『家宅捜査令状』を見せ、渋谷熊吉の在宅確認後、合図と同時に数名の警官が入り込み激しい怒号の中、一人の男に手錠を懸け、身内の泣き叫ぶ中、渋谷に任意同行を求め姫路署に連行、捜査班は『髑髏』から得た情報を手掛かりに『家宅捜査』と家畜飼育施設及び倉庫の捜査に着手、十数人が『ツルハシ、スコップ』

を携行して、荒木氏の遺体発掘作業に当たった。
牛舎は、渋谷の自宅下30m程の所に穏やかな斜面に沿って建っており、上から見て右側一階瓦葺の家が熊吉の父母の家で、その家から横並び20m左に牛舎があり、傍に見張り小屋と飼料倉庫と農機具倉庫、その下に馬小屋と堆肥置き場等の構造物で、庭先には草花と庭木が茂り、牛の嘶きも聞えのどかな雰囲気だが、ここが今から行う『遺体捜索』の現場とは？誰もが思ってもいなかった事だろう。

牛舎を左に３００ｍ程進むと、谷川沿いに放牧場と『葉煙草乾燥場』が有り、その右手脇道を登れば『青野ヶ原』台地に出る。そのまま進むと病院を経て国鉄加古川線『粟生駅』前を通り、加古川に架かる橋を渡るとT字路交差点に出て、このT字路を左に北上すると『播州織物』で有名な西脇市に入る。このまま北に進むと福知山線、谷川駅経由、山陰本線に接続、T字路を右折すると『算盤』生産地の小野市と、金物で有名な三木市に入る『三木の干殺し』（今から約五百年前の戦国時代、豊臣秀吉の一年十ヶ月に及ぶ兵糧攻で滅ぶ）織田勢と対峙した毛利藩との戦の戦跡、三木城跡がある。三木市から、宝塚・尼ヶ崎市を経由して東海道線、大阪駅に至る。

九時過ぎになると、牛舎周辺には大勢の村人が集まり、目前で行われる捜索活動に、興味を持ち警察官の動きを見守っていた。
牛舎はスレート葺きの一棟で、内部は、五頭分に仕切られた牛舎と、飼料倉庫の建物で、まず村人の手を借り、牛の移動を終えた後、両入り口に警官を配置。残り署員を分散して、各々牛舎の床を掘り『遺体』の捜索に当たった。
牛舎内はツルハシ、スコップの音が反響と共鳴を起こし建設現場の雰囲気そのものだった。どの床も牛が踏み固めていたので、各場所とも難作業が続いた。検知棒で幾度となく床土を調べ、50cm程掘り進んだ時点で、どの作業場からも『遺体』を埋める為に掘り返した痕跡が見られず、絶望と不満の声が出始めていた。

捜索隊「課長！ブツは有りません！どの床下も最近掘り起こした形跡が有りません。これ以上掘っても無駄と思いますが？外に牛舎が有るのでは『髑髏』が喋るなんて出鱈目な情報と思いますよ？」

藤原「可笑いな、確か牛舎の床下と聞いているが？矢張アテにならないか？…元々無理な情報だから…よし分かった暫く休憩をする！…休憩！」

この間に、現在家畜の世話をしている使用人の、山脇茂に仔細を求めると、

山脇「雇われて未だ四年過ぎなので、前の建物の詳細は分からないが、雨が降れば近くの

灰捨場の表面に、骨粉らしき物が露出します？」

と告げていた。これを聞いた藤原捜査課長は大声で指示を出した。

藤　原「なに！骨粉！そこだ！灰捨場に皆移れ！」

灰捨場は葉煙草乾燥場の近くにあり、大量の灰が小山のように盛り上がっていた。

署員の一人がバケツの水を振り掛けると、無数の白い骨粉が現れ、鑑識官の命令でその灰をふるいに掛け、骨粉の採取作業が行われ、大きな歯が出た時『これは犬』の歯で、骨は持ち帰って分析をしなければ分からないが、骨もおそらく犬の骨だろう？疑問の残る調査になったようだ。

課長はこの間、車載無線機を使い小野警察署経由で姫路署長に牛舎の構造を伝え、右端一番は、飼料倉庫、二番〜五番迄が牛舎なので『二番目の牛舎と左端の五番目の牛舎』を調べたが物は無いと報告、この『非化学』的捜索に疑問を持つので？今一度鬼頭氏から確実な情報を求め、連絡を待つ事にした。約一時間後に小野署から無線連絡が入ってきた。

捜索隊「捜査課長！小野署から無線が入っています！直ぐにジープの所に来て下さい。」

藤　原「分かった！直ぐに行く。」

この無線電話のやりとりを聞いた署員の殆どが、車の近くに集まって来た。藤原捜査課長は額の汗をハンカチで拭いながら、マイクを取り小野署を呼び出した。

藤　原「小野署！こちら姫路捜査一です聞えますか？どうぞ！」

小野署「姫路捜査一、こちら、小野署、感度良好良く聞えます、先刻依頼された件、姫路署から連絡が入りましたのでお伝えします。ブツは、今の飼料倉庫の床下です。了解でしょうか？」

藤　原「飼料倉庫の床下、了解しました。有難う御座いました。今から作業に掛かります。この件、姫路署長に連絡して下さい…どうぞ。」

小野署「小野署了解、姫路署に連絡します。頑張って下さい！終り。」

藤　原「皆聞いたな！ブツは飼料倉庫床下にある、直ちに回収に掛かれ！他の要員は牛舎の埋め戻しに当たれ。」

この命令で牛舎内は、又倉庫の床板を剥がす音、スコップ等の賑やかな響きが聞え、いよいよ『遺体』発掘作業が始まった。

今回は『遺体』がある事が分かっているので慎重な作業の中にも勢いが見られ、表面は牛が踏み固めて堅かったが、少し掘ると以前掘り起こした場所だから、安易に作業が進み、突然スコップを置いた署員が大きい声で『遺体発見！』この中にあります！と声が聞え、後は移植ごてで遺跡調査の如く、表面の土が丁寧に取り除かれ、殆ど露出したところで、数枚の写真に収められたが『遺体』には頭部が無く、何故か？他の骨格は、鉈みたいな刃物で数個に切断されていた。やはり『髑髏』が言っていたとおり、首無し『遺体』が無残な姿で横たわっており、誰が灯したのか、ローソクの炎が輝き線香の香りが漂う中、各自黙祷を捧げた後、検識官がその骨を慎重に取り出し、全ての回収作業は終了した。

　この無残な『遺体』も十年前迄は、骨格の全てが意志どおりに活動しただろうに…今は茶褐色に変色した只の物体となって皆の涙を誘い、改めて犯人に対する怒りを強く感じました。又人の運命と死に場所にも色々あるが…この姿を見た身内方々のお気持ちを察すれば、言葉で言い尽くせぬ、哀れさを思い知らされた。『遺体』は白地の布に包まれ『遺骨収集箱』に納められたがこの時点で『非化学』的な方法で得た情報だといった理由と、その容疑者が今取り調べ中なので、荒木家には被害者が、荒木勇さんだと知らせる事が出来なかった。

　自分の夫とも知らず村人と共にこの『遺体』を見送る荒木母娘の哀れな姿が、今も脳裏に強く残っている。午後三時過ぎ姫路署に搬入、専門家の手に委ねられ『遺体』の回収は終了しました。

余談になるが、使用人の奥さんの話によれば、

使用人「採用された当初は何も気付かなかったが？私は霊感を感じる体質で、倉庫内に夜な夜な人がいるような気配と寒気が起こり、長時間中で仕事をすると決まったように首筋が痛み、又品物を動かす音が度々聞こえる症状を感じるので？日々の生活に於いても恐怖に陥り困る事も度々ありました。今の霊症状から判断すればこの倉庫は、かなり怖い霊が存在する場所で？何か重大で悲惨な事件がここで起こり、その強い霊が取り憑いて居るような。建物の関係で家畜の霊かも知れないが、以前この場所で、何らかの事件があったと思う。」

こういって女房は恐がり、倉庫の中での仕事は特に嫌がっていました。

藤　原「やはり床下に『遺体』が埋められていたとは？犠牲者には最悪の環境、これは浮ばれませんね？糞尿を垂れ流す牛に責任は無いが？その汚物と悪臭の漂う床下で『遺体』を埋没放置…たまりませんね。これで全ての忌まわしい怪奇現象から解放されるでしょうから、何より奥さんも喜ばれる事でしょう。」

十六　容疑者取り調べ

姫路署に連行された渋谷熊吉は、被害者、荒木勇殺害事件の重要参考人として、姫路署捜査第一課長：藤原・八野両刑事により取り調べが行われ、以下その時の記録となる。

藤原「渋谷さん今から荒木勇氏に付いて、色々質問をしますが？答えなくてもよいけど、弁護人を呼びますか？手配はします。」

渋谷「取り調べの内容では弁護人をお願いします。」

藤原「それでは質問を行います。渋谷熊吉！本人だな！住所氏名、生年月日と年齢を言ってくれ！」

渋谷「本人です。住所兵庫県加古郡高岡村、三－十七番地、昭和七年九月六日生まれ二十四歳です。」

藤原「ウン全て『戸籍謄本』と合っているね。今から色々質問をするが、分かっている事は、正直に答えてくれ、よいな…それでは聞くが、荒木勇という人、知ってるか？」

渋谷「知っています。」

藤原「お前とどんな関係の人で？今何処にいる。」
渋谷「私の雇い主でしたが、昔、加古川方面で行方不明になったと聞いています。」
藤原「行方不明！貴様！心当たりが有るのでは？」
渋谷「知りません！前にも調べられたが、私にはアリバイも有り、何の関係もありません！」
藤原「関係!?…何の関係？事実を言ってみろ！」
渋谷「…あっその行方不明に関して。」
藤原「確か当時の記録では、アリバイも立証されているね…？荒木さんとは色々トラブルが、あっただろう？」
渋谷「トラブル？…まあ雇い主と使用人だから…たまにはゴタゴタも有りましたよ…。」
藤原「そのゴタゴタが、行方不明に関与しているのと思われるが？」
渋谷「関与？私が！…普段のゴタゴタ位で姿を消す？荒木さんじゃないですよ？」
藤原「まあ揉め事も度々あった事だろう？本人が行方不明になった頃どんな様子だった？何か覚えてないか？確か博労会議に行く予定だったとか？確認しているが？」
渋谷「別に変わった処もなく…当時私の作業場に来て、今から三泊四日の予定で明石に行く、売買予定の牛も居ないので、普段どおりの家畜の世話を頼む…こんな話だったと記憶しています。」

藤原「その博労会議の前後、誰かに会う？明石以外の町に行くとか聞かなかったかね？」

渋谷「加古川の知人は尋ねるでしょう。他の人に会う話は聞いてないが、忙しい人だから…？」

藤原「加古川の人とは？谷本幸代だね？この人以外に立ち寄り先も無く、理由の分からない行方不明事件？今迄の内容を含め、今後検討してみる。話は変るが、冨永正治を知っているだろう⁉」

渋谷「冨永？正治…ああ知っています。正治の兄貴と同級生なので、子供の頃は正治とも良く遊んだが、大人になってからは、親しみも無く、殆ど話した事もありません。」

藤原「そうか？あまり会話はしていないか？少し古い話だが思い出してくれ、昭和二十一年七月四日午後三時半頃、お前はある場所で冨永正治と一緒にいただろう！」

渋谷「えらい古い話ですな…二十一年七月、正治と一緒に…いたかな？思い出せないが、山に山菜取りか？薪を集めに行ったかな？」

藤原「こら！渋谷！出鱈目を言うな！荒木さんと、トラブルがあった日だ！」

渋谷「荒木さんと？…トラブルね…？度々あったので…何時の事か？ああ思い出しました！肉牛の出荷が近づいているのに、肉付きが悪いと文句を付け、ガタガタいっていたな…。」

藤原「間違いないな？その折、冨永正治も傍にいただろう！」

渋谷「…？傍にいたかな？…そんな昔の事覚えてないよ。」

藤原「冨永と、葉煙草の乾燥※をしていただろう？」

※注：採取した葉煙草を釜で乾燥し商品にする。

渋谷「乾燥…？そういえば、傍にいたような気もします。」

藤原「こいつ！何時まで白を切るつもりだ！ネタはあがっているのだ！素直に白状しろ！」

渋谷「白状？…何の白状ですか⁉これは何の取り調べですか⁉朝早く人の家に押し掛けて来て、令状とやらを、ちらつかせ、理由も説明もせず連行…この取り調べの全てが、職権の乱用と違いますか？早く帰して下さい。」

八野「職権乱用！いい加減な事をいうな！警察官は法に則り動いているのだ！そうか早く帰りたいか！理由を知りたいか！」

その時、別の警官が入り、取り調べ官に、耳打ちをした。

渋谷「もう帰って、いいでしょう？先程話をしていたので…疑いは、晴れたでしょう。」

八野「こいつ！何時まで白を切るつもりだ！お前の牛舎から、荒木さんの『遺体』が出て来たのだ！」

渋谷「『遺体』？…誰のですか？何処の牛舎からですか？…荒木さんは、神戸方面で行方不明と聞いていますが？又何で？牛舎から？…それに？何で荒木さんと分かるのですか？」

八野「それが分かるのだ！歯形が一致したから、前歯上下、四本の金歯を入れていただろう？これで、荒木さんと確認したのだ！」

渋谷「四本？違いますよ。荒木さんは奥歯上下二本の金歯で？前四本の金歯なんて？別人でしょう。いい加減にしてください？」

八野「何かいったな！とうとう白状したな！そうだ奥歯上下に二本の金歯があったのだ！荒木さんの頭蓋骨だろう！これでも貴様知らないと嘘を通すのか！」

渋谷「えっ…あた…おかしいな？…そこに…まが…あったかな？…どう…だけのはずだが？何かの間違いでしょう…。」

八野「何！お前今何と言った！『胴体』？誰も胴体の事は聞いてない、又言ってもない？貴様！何でその事を知っているのだ！この点詳しくいってみろ！」

渋谷「いいえ胴体だなんて…言っていませんよ…又、誘導ですか？何も知りませんよ…毎回同じ事の繰り返し…無理難題を押し付け、何が証拠で私を拘束するのですか？これが合法で正当な取り調べですか！弁護人を呼んで下さい！」

八野「こら！ここは警察だ！今犯人しか知らない事実を喋っておいて、お前はまだ白を切る気か！これ以後、逮捕拘留して徹底した取り調べをするから覚悟をしておけ！今後は今迄のような問答では、通用しないぞ！いいな！渋谷！今から貴様を、荒木勇殺しの犯人として取り調べる！ネタは先日の調書と『遺体』の回収で、全て警察が握っている！良いか！素直に白状しろ！お前が、荒木さんを殺したね？」

渋谷「殺し…私が？とんでもない、やっていませんよ！」

八野「何！殺してない！じゃー誰が殺した！空き家ならともかく、お前が使っている牛舎から『遺体』が出てきたのだ！嘘をつくな！いい加減にしろ！素直に白状すれば、この取り調べから解放出来るが、お前の出方次第では、長時間の取り調べになるぞ、良いな！警察をナメルナよ！その道のベテラン刑事が、手ぐすね引いて、待っていないのだ！」

渋　谷「何度いわれても私はやっていません…だから釈放して下さい。」

八　野「何！釈放！ふざけるな！貴様がやってなければ釈放もあるが？今更じたばたするな！」

渋　谷「…暫く考えさせて下さい…。」

八　野「何？考え？分かった！」

こういって刑事が部屋の窓を開けると、鉄格子の埃を振り払う状態で新鮮な外気が流れ込み、汚れた室内の空気を押し出している感じがした。取り調べ室は文字どおり別世界、取り調べ官の威圧と罵声で、心身共にダメージを受けた。

藤　原「じゃー休憩もしたので、そろそろ真実を言ってみろ！」

渋　谷「犯人は、冨永正治です。」

藤　原「何？冨永正治？嘘だろう？いい加減な事をいうな！あの村長の息子の正治か？」

渋　谷「そう息子の正治です。実は正治と約束していたので…今迄喋れずにいました。」

藤　原「何！喋られずにいた？その約束とは、詳しくいってみろ！」

渋　谷「村長職の冨永家、その親戚を犯罪家族にせぬ為に、嘘をついていました。」

十七　犯行自白(その一)

今迄(まで)長時間、隠し通していた犯行を聞き出した捜査官(そうさかん)達から、安(やす)らぎの表情が見られた。

　忘れもせぬ昭和二十一年七月四日の午後三時半過ぎ、正治(せいじ)と二人で葉煙草(はたばこ)の乾燥作業をしている所へ、酒を飲んだ赤ら顔の荒木勇(あらきいさむ)が犬を連れやって来た。そして開口一番、罵声(ばせい)を浴びせた。

荒　木「こら！正治(せいじ)！ここで何をしている！アホと付き合うと落第するぞ！暇(ひま)があるなら勉強せんかい！夏休み中、遊んでばかりいるのと違(ちが)うか！久子(ひさこ)を嫁(よめ)に欲しければ、それだけの学問と知識を身に付け、迎えに来い！この怠(なま)け者が！」

これを聞いた正治(せいじ)はムッとして、

冨　永「未(いま)だ親でもないのに…親のつもりで勝手な小事を言われても困ります！

　夏休み中は兄に変わっての仕事もあり、私の考えも有ります。」

と反抗的(はんこうてき)に言い返した。この言葉に益々激怒(ますますげきど)した荒木は、顔面蒼白(がんめんそうはく)理性を失いつ

つ、

荒　木「何！考え？お前の考えを言ってみろ！どうせろくな考えではないだろう！」

冨　永「久ちゃんだけが女性でないという事です。久ちゃんが好きだから将来お嫁にと、第三者を通じてお願いをしたけど…今からガタガタいうのなら、この話は破談にしますよ。」

荒　木「何！破談！勝手な事ばかり言いやがって！若者は身勝手で自己主義だから困る！この話は博労会議が終わり次第付けてやる。その時になって親子共々謝っても、聞く耳持たぬから覚えておけ！このバカ野郎！」

この言葉を聞いた正治は益々興奮して、

冨　永「バカ野郎！とは何事か、好き勝手な言葉を喚き散らして！」

怒鳴ると同時に傍にあった鉈を取り上げ、荒木の背後から後頭部へ切り付け、瞬時に殺害した。

藤　原「何！殺害！誠か唯それだけの理由で？その場にいたお前は何故止める事が出来なか

ったのか？」

渋谷「止める！それは無理でした。まさか正治がこんな事で殺害するとは思いませんでした。又荒木さんの傍には怖い犬がおり、私は近付く事が出来ず遠くから眺める状態だったので…『あの日以来、その犬』は私に、激しい敵愾心を持たす訓練をした、恐ろしい大型犬だったので。」

課長「あの日以来？それは何事？…その話は、後程聞く？その後の行動と？時刻は！」

渋谷「そう…午後四時前でした。」

犯行後ガタガタ震えている正治に向かって、

渋谷「正治落ち着け！正治！エライ事をしたな！落着け！俺も手伝うから、その犬を何とかせよ！」

冨永「分かった。」

といって足元で、荒木の首筋から噴出す血潮を舐めている犬の背後に回り、犬の頭に鉈を打ち下ろし

冨永「熊兄！これで良いか！」

と振り向いた。私はその姿を見て、又も腰を抜かさんばかりに驚き慌てた。真っ赤な返り血を顔面に受け、理性を失い血の滴る鉈を持ち凄い形相の正治が立ち竦んでいたので…。

渋谷「正治！落着け！落着け！顔を洗え！誰も見ていないから早く遺体を隠そう！」

このように必死で正治に呼び掛け、気を落着かせ『遺体』に筵を掛け、手押し車に乗せて、近くの物置小屋に運び込んだが、この殺害行為を、他人に目撃されたかどうか？不安もあったが、周囲に人の気配が無いので、二人はホッとしたものの、この時点で新たに震えと冷や汗が一度に噴き出てきました。乾燥場焚き口前は、足の踏み場も無い程、血の海だったが、そこに犬の『死骸』が有るので人が来ても『殺人』の現場だと、見る人はいないだろうと安心しました。

藤原「ほう、犬を殺し、巧い事考え実行したね？それで『遺体』はどうした？」

渋谷「『遺体』をどう処分するか…？迷いましたが…。」

オドオドしている正治に

渋　谷「何時までもモタモタするな！『遺体』から被服を破らないように剥ぎ取れ！
　血が付いていれば水洗いをして、ここで乾かせ！正治！」

それを着て荒木勇に変装…加古川駅迄行き、そう駅のトイレか？何処かで、正治に戻って酒のツマミでも買って来い、村道を歩くときは、荒木さん独特の癖を出して歩く事を指示し、

渋　谷「村人及び駅員と会話をするな！…だけど駅員に印象を付ける必要もあるね…そう…わざと『キップを落して』拾ってもらい？記憶に残しておいたほうが良いだろう。そこは正治にまかすので…兎に角、加古川駅構内で、荒木さんを見たと言う証人が絶対必要だから…。」

このように話し、小屋で変装させ、荒木の財布から三百円程、正治に渡しました。

渋　谷「すみません、水と煙草を下さい、喉が渇いたので…。」

藤　原「分かった…両方やれ。」

渋谷「正治(せいじ)！少し髪が黒すぎる、こうすればよい。」と…窯(かま)どの灰を水で練(ね)り、髪に塗(ぬ)りつけて見るとそこには白髪交(しらがまじ)り四十歳前後の荒木勇(いさむ)の姿に変装した、正治(せいじ)が立っていた。私は念のため、太めのマスクを着用させ出発を促(うなが)し、鳥打帽子(とりうちぼうし)を被(かぶ)り、鞄(かばん)を下げた姿は、荒木勇(いさむ)そのままの姿で、癖(くせ)のある歩きかたをして、正治(せいじ)は村道を駅迄下(までくだ)って行きました。

藤原「ほう、旨(うま)いこと考えたな。荒木さんに化け？村人が見ても、荒木さん本人と思ったのか？」

渋谷「そう荒木さんと見たでしょう。私も近くで見ない限り大丈夫と思いました。」

藤原「それで『遺体(いたい)』の方はどうした？」

渋谷『遺体(いたい)』の処置は正治(せいじ)の考えを聞いて行うので…その対策については色々考え？私は犬の死骸(しがい)をこのまま埋(う)めるつもりでいたが、後程(のちほど)役立つだろうと思い、皮を剥(は)ぎ取り、戸板に貼(は)りつけ、内臓は灰捨(はいす)て場(ば)に埋(う)め、釜戸(かまど)前の血の海に灰をかけて、スコップで掬(すく)い出し、血痕(けっこん)を消す事で犯罪の痕跡(こんせき)を消しました。」

藤原「その作業中、誰(だれ)も来なかったのか？」

渋谷「その日は、毎年行われる『青年団主催の夏祭り』の打ち合せと、盆踊りの練習が有り、若者の殆どが公民館に集まっていたので…その点ラッキーでした。」

藤原「何ラッキー!?人を殺して置いて、なんと言う事を言うのだ！お前に良心は無いのか!?」

渋谷「私は手を掛けていません？…これでも罪人ですか？」

藤原「今迄の話が事実なら？殺人罪に問われる事は無いが、疑わしい要素も多分に含んでいる？それで遺体はどうした？」

渋谷「私は、葉煙草の乾燥をしながら、酒を飲みつつ、正治の帰りを待ちました。」

頭の中は『遺体』の事で一杯『遺体』の処分方法は、次の四通り…どの作業も人の目を気にしての行動、全てが、初めての隠蔽工作…色々思い悩んだが、今は心を落ち着かせ、冷静な判断で若い正治の意見を取り入れ、行動する事にしました。

一、『遺体』をそのまま埋める。
二、『遺体』をバラバラにして、広範囲に棄てる。
三、『遺体』を乾燥場にて、焼却処分する。
四、『遺体』をドラム缶に入れて、海に沈める。

先述以外に『遺体』を切断して釜に入れ、煮込んだ皮膚を豚に食さす簡単な方法を思い付き、出発して三時間前後だったと思う。正治が土産物を提げて帰ってきた。

渋　谷「荒木さん役はどうだった!?村人に気付かれなかったか？ほぼ完璧だったので、大丈夫だと思うが。」

冨　永「熊兄！計画どおり巧くいったよ！村道では誰にも会う事無く、畑で働いている村人、五～六人に見られたが、かなりの距離だったので、荒木さん本人に見えたでしょう。十六時四十二分『粟生駅』で駅員に喋る事無く、改札口を通過、加古川駅でわざとキップを落とし、拾うのに少し時間を掛け、駅員に印象を植え付けて置いたよ。」

このように言っていたので、私も一安心、持ち帰った荒木さんの被覆類を、炉で焼却、土産物を二人で食べ『遺体』処置の相談をした。

藤　原「正治を加古川駅迄、往復させ？うまい事芝居をしたな…『遺体』を豚に食べさす？この思い付きも分からない？どの様にして！」

渋　谷『遺体』の処置は先程述べた案件を正治に尋ねると、正治も汽車の中であれこれ思案をしたとか？正治の考えは、頭部と身体は別々の場所に埋める。必ず歯茎を破損する事、後日『遺体』から被害者の身元が判らない状態にして置くと言っていたが、豚を利用して『遺体』を処分する私の考えを話すと、『ウン、それが良い。さすが熊兄だ！』と同意を得たので、二人は村人の動きに気を配り、速やかに『遺体』の処分をしました。」

藤原「豚に『遺体』を処分させる話は先刻も聞いたが、どのような方法で？」

渋谷『遺体』を解剖して臓器部分を破損せぬよう遺体から取り出す、特に食道と直腸は麻紐で固く結び、内容物の排出防止を行う。この臓器は悪臭が強いので堆肥小屋に搬入、その後で『遺体』を部分切断して大釜に入れ煮つめる。骨から肉片を落として他の飼料と混ぜた後、豚に食べさせる『骨格』は今使用している牛舎の床に埋める、簡単に言えばこんな作業です。」

藤原『遺体』の解剖？そんな恐ろしい事をお前達はしたのか？それでも人間か！…その時の様子は？」

渋谷「頭部は頭髪が抜け落ち、犯行がばれる恐れがあるので、事前に首を切り落とし、麻袋で保管。『遺体』は数個に分け釜で煮詰める、見る見るうちに肉片が崩れ落ち、湯の表面にギラギラ大量の脂が浮くと同時に、凄い匂いが周囲に漂い…近所の人々の動向が心配なので、私はすかさず『正治！犬の死骸を切断して乾燥場の窯口へ放り込め！』と指示をして、この処置で匂いの不安はある程度解消したが、煙突から出る強力な匂いは村中に漂い噂となり、翌日村人から理由を聞かれたので、私は都度犬の皮を見せ、差し入れの弁当を食べやがったので、叩き殺し一部焼肉にして酒のあてにした！と答えると村人は、あまり変な事をするなと、小言をいわれ、その場は治まりました。」

藤原「大釜で遺体を破損…恐ろしい事を考えお前たちはそれを実行したのか…！その釜を今も使用しているのか？それと荒木さんの頭はどうした？」

渋谷「頭は正治が処分しました…。人相が判らぬよう歯茎を鉈で叩き割り、歯は川に捨て、頭は土中に深く埋めたと聞きました。釜は今も使っています。」

藤原「そうか頭を埋めた場所は？」

渋谷「場所…？場所は…言ったかな…？場所は覚えていません。」

藤原「それで残りの『遺体』は？」

渋谷「骨を取り出して水で薄め、飼料と煮込み、豚に食べさせ処分しました。」

藤原「その時の豚の様子は？普段通り食べた？残さなかったか？又その時の時刻は？」

渋谷「そう豚は競って食べました…時間はそう、公民館から盆踊り練習の終了を告げるスピーカーの音声が、太鼓の音と共に聞えていたので、午後八時半過ぎだったと記憶しています…。」

藤原「八時半過ぎ！時間に間違い無いね！それで『遺体』の骨の処分はどのようにしたのか？」

渋谷「夜中に牛を移動させて床を掘り骨格を埋め、床を元どおりにして牛を放したが、日が経つにつれ、そこで飼っていた牛が突然病気にかかり、治らないので他の牛と入れ替えたが？どの牛も一週間位で食欲が衰えていった。その時は偶然だろうと思ったが、これ以後この牛舎で飼育した全ての牛が、同じ様に発熱、又は足が弱り夜中に騒がしく嘶き肉付き悪く、再三診に来た『獣医』も頭をひねり？おかしいな、流行病でもないのに？理由が分からない。どの牛も原因不明の不思議な症状が続いていたが、考えてみれれば『遺体』の上で、糞尿を垂れ流す、牛に罪は無いが私しか知らない、その場所の怨念の恐さを体験したので、後日この牛舎を綺麗に掃き清め、塩を撒き、暫く時間を空けた後、飼料倉庫に改造しました。」

藤原「そうか、そんな事があったのか？村人達は多発する牛の病気に気付き、何か伝染病等々での不安…。これに付いての意見をいわなかったのか？」

渋谷「各農家も牛を飼育しているので勿論心配して聞きに来たが、都度飲み水又は、与えた餌のせいだろうと聞かせ、その場を収めました。」

藤原「お前が悪事を隠すからだ！又恐ろしい事をしたものだ…それとお金はどうした？荒木さんは、幾ら持っていた！」

渋谷「確か五万円程でした。万が一の事を考え正治の逃亡資金として、大半は正治に渡しました。」

藤原「お前は、幾ら取った！又何に使った！他に何かあるのか？」

渋谷「私は五～六千円使いました。事件後、暫くして牛舎と家の改築費に充てました。事件当日、警察に通報も考えたが、若い将来のある正治と村長職の父親家族の将来を考えると…とてもその気になれず…。それにあの荒木さんは人間としての優しさ指導能力が乏しく、日々威圧的な態度と暴力を振る舞い、その場の状況判断で仔細な事でも大げさに怒鳴り散らし、人使いの荒い人だったので、日々の憎しみも加わり…。正治と約束をしていたので、その約束を守る為、警察関係皆様の取り調べに対して嘘を付き撹乱させ、ご迷惑をお掛け申し訳有りませんでした。悪く思っています。事件の概要は述べた通りです。」

藤原「わかった！種々詳しく検討する。…ところで話は変わるが、冨永正治の件はどう思う？何か知ってる事は無いか？」

渋谷「正治は、この件で非常に悩んでいたね。」

藤原「何！悩んでいた？これが事実なら当然だろう！詳しくいって見ろ！」

渋谷「そう…荒木さんが不明になった頃…何時か忘れたが、二度程、警官に調書を取られた正治は、『警察が僕を疑っている、このままだと犯行がバレそうだ…イイヤ熊兄は手を出してないから、心配しなくていいよ…もしバレそうな時は、僕一人で責任を取るので…熊兄は知らぬ顔をしているように。』と言っていたので、正治が不明になった時、可哀想に責任を取って自殺したな？と思ったが、本人は殺人犯に成らず…冨永家の名誉を護り親孝行をしたと受け止めています。」

藤原「そうか？冨永家族の名誉と縁戚関係の誇りを護っての自殺？それ程悩んでいたのか？お前は、そのようにとったのか？」

渋谷「そうです…若いのに家族と名誉を守る為、身を捨て実に見上げた行為、この強い信念と責任感に驚き感心しました。後日『明石市別府』の海岸から、正治の被服等が出た事を知った時、やはり責任を取って、入水自殺をしたな…若いのに可哀そう…唯々貰い泣きをしました。これで、全て話をしたので釈放してくれますか？」

藤原「何！釈放そう簡単にはいかないぞ！今夜はこれで止めとくが、明日又聴く事にする。よいな！何しろ迷宮入りかと思われた事件だけに、長時間かかる事を覚悟して置け！又何か思い出したら、知らせろ！よいな？」

このような取り調べが、日々時間の経過と共に、捜査官を入れ替えて同じ質問の繰り返し、述べ十数時間余り続いていた。

十八　犯行自白（その二）

三村義人の捜査は、津山市役所に出向いた、中谷・広田両刑事により始められた。

昭和三十一年六月十八日午前九時、姫路署を出た二人は、姫新線姫路発、午前九時三十八分、新見行きの列車に乗り込み津山市に向かった。

姫新線は姫路から岡山北部、新見市を結ぶ鉄道で単線、スピードが遅く上り坂では、蒸気機関車独特の騒音が、山野にこだまし煩く聞こえていた。姫路駅を出て播州平野を西北に進み、岡山県中央北部に当たりに津山市はある。

この区間は山野が多くトンネルの連続で、たまに開けた農村では田圃の早苗が、青々と色付きこの風景で働く農民のくつろぎを、我が身の如く感じ取る事ができた。途中三日月、作用※の町並を通過この当たりから中国山脈の峰々が見え隠れして、山深い若葉の匂いが続く、二時間余りの旅だった。津山市は東西に走る中国山脈を背に、東、南、西、三方を吉井川の支流で囲まれ、その自然の要塞中程に、今から二百数十年前迄対峙していただろう？

※注　智頭急行で北進すれば『作州宮本武蔵生誕』の地である。
又三日月町（現作用町）は、山中鹿之助が（毛利藩と戦い負けた所）中国地方は戦歴の豊富な所が多い。

毛利藩に睨みを効かす『徳川幕府が築いた堅牢で雄大な城』は、今は無く見る事は出来ないが、当時を忍び、各自頭の中に描く事が出来るだろう…苔むす石垣上に佇む『雄大な城』その城跡がそこにあり、現在は桜の名所、鶴山公園として市民に親しまれている。

中谷・広田両刑事は、津山盆地独特の霧の中津山市役所に赴き、三村義人の戸籍を調べると、三村義人の戸籍の移動は次のとおり。

大正七年十月十四日、岡山県津山市役所へ、父三村忠義、母三村郁子の三男で、出生届け。

昭和十三年三月十七日、島根県出雲市に転出。

以後、支那国（今の中国）を転戦後、

昭和十七年六月十五日、内地部隊出雲へ帰還。

昭和十八年九月十二日、兵庫県姫路市転入。

昭和十九年八月十九日、静岡県浜松市転出。

昭和二十年九月十一日、岡山県津山市転入。

昭和二十六年五月三日、岡山県倉敷市転出。

以上の動きであった。

三村義人は現在倉敷市に住んでいる事が判明したので、中谷・広田両刑事は国鉄津山線を利用、岡山駅軽由、倉敷市に向かった。

倉敷市は白壁の街並みが有名で、柳の影を写す『運河と大原美術館』等は、名所として人々に知られているが、産業としては繊維関連のレーヨン、特に学生服等、果物では白桃及びマスカットは特に有名な産物で、これ以外にあまり知られていない製品としての『畳』があり、その畳の原料である『イ草』が田圃で栽培され、国道二号線両側田圃は見渡す限り緑の絨毯だった。倉敷市役所で住所確認後、水島町五―十二番地、三村宅へ出向き下調べをしました。時刻は午後四時頃で、表通りは行き交う人々も多く、両刑事は左右に分かれ、二～三度それとなく家の中を伺い、三村らしき男を確認したので、倉敷署に出向き、今夜の張込みと明日の応援を依頼し、明けて六月十九日朝、二人の刑事が三村在宅確認の為家に伺う。

在宅確認後、合図と同時に待機中の警官が入り任意同行を伝え、三村義人を倉敷署に連行した。理由は『傷害事件』の別件逮捕であった。傷害事件は、昭和三十一年六月十三日、午後十時二十分頃、三村が行き付けの酒場で、他の客との間で些細な事から喧嘩が発生、相手の顔面を殴打、双方飲酒の上の事と軽傷だったので、警官立会いの上、示談成立していたが、翌日被害者から示談取り消しの訴えがあり揉めていた。取り調べ室で所定の手続きを終え、事情聴取が行われた。三村義人は、昭和十七年五月、北支戦線（今の中国北部）にて、敵の大部隊に包囲され孤立状況の我が部隊を救援要請の為、連絡将校指揮の基、数名の隊員と共に夜陰に乗じ、部隊から脱出、敵前突破を敢行したものの、隊員のほとんどが、敵弾に倒れ、唯一生き残った三村兵長が、その重大任務を果たし『友軍の来援により孤立部隊の救出』この輝かしい戦歴は、当時の作戦上有名な話題となり、各部隊に語り継がれ後日この功績により、金鵄勲章の受賞と、特別二階級特進の昇級、この拝命を受け、軍曹に昇進していた。戦後、この作戦で救出された部隊の一将校の縁故で、昭和二十二年三月、倉敷市水島町にある某大手企業に採用され、日頃の勤務も真面目で成績も良く、前途有望視され家庭に於いても、夫婦円満、二人の子供も授かり幸せそのものだったが、突然の逮捕、本人はもとより、妻妙子の驚き悲しみは、言語を絶する程だった。

倉敷署に連行されても、三村は軽い傷害事件だから、直ぐ釈放されると思っていたが？まさか？今は思い出したくない、時効寸前の…『野井戸殺人事件』の取り調べに進むとは？その事件の事情聴取は、次の通り行われた。

中　谷「三村さん！ここへ連行してきた理由が分かりますか？」

三　村「先日の傷害事件の事でしょう？」

中谷「そう！被害者が、示談取り消しの申し立てを言っているが、どうする？」
三村「今更、取り消しが出きるのですか？あの時、警官立会いで医者の診断を受けるよう言ったのに本人が辞退して示談書を交わして置きながら…？」
中谷「そう…書類上受理されたので…破談成立も難しいね…いずれにしても、被害者同席でないと、この話が進まないので、この件は後日改めて協議をしよう。ところで、古い話だけど…昭和十八年頃、何処に居ました？」
三村「何？十八年…昔の話ですなー？そう支那大陸？…十八年の…何月頃ですか？」
中谷「十八年の十二月から十九年一月頃です。」
三村「十八年七月…大陸から内地部隊に帰還…暮れ頃は体調を崩し少し休養していたと思いますが？」
中谷「何！休養！どこの部隊で？嘘を付くな！姫路部隊にいただろうが！」
三村「休養は…十月頃でした。分かっていれば聞かなくても良いでしょう？そう思い出しました。姫路部隊に？出雲部隊は？…十二月頃だったかな…？」
中谷「出雲部隊ではないだろう！姫路部隊に配属になっていただろうが!?」
三村「そう…古い話だから、こんがらがって、…姫路部隊だったかな？」

中谷「姫路部隊の所属は！」

三村「…そう第三師団姫路野砲連隊、三大隊本部中隊に所属。えらい古い話ですね？何かあったの？」

中谷「その中隊に、佐川清正と言う人が居ましたか？」

三村「…佐川…そんな名前の人…佐伯…佐藤、佐竹はいたが、佐川ね？兵隊、士官で…？」

中谷「見習い士官だよ！」

三村「所属中隊には居ない…大隊内の他の中隊にいたかな？何しろ、野砲大隊は四個中隊から成り、大隊長以下、約六百名の隊員がいたので、戦場での戦局次第で隊員の出入りも激しく、当時の詳しい所属隊員の顔をよく覚えていませんが？」

中谷「三村さん、姫路士官教育隊に基幹要員として派遣された事があるでしょう！」

三村「士官教育隊…あっ、ありました…。三ヶ月間…思い出しました。新兵の中にそれらしき名前の、隊員がいたね？私の班員で無く、よその班でしたが？」

中谷「それらしきとは何事だ！君の部下ではないか！班が違う⁉同じ班員だろう！」

三村「…それがどうしたのですか⁉突然昔話を持ち出して…この取り調べは何ですか？」

中谷「その新兵が行方不明になった事、知っているね？」

三　村「行方不明?…そう脱走しました。軍隊が嫌になったのでしょう?」
中　谷「この件に付き最近新しい情報を入手したので、重要参考人としての取り調べとなる、良いな!」

このようにして、三村義人は別件逮捕で、姫路署へ連行される事となった。
午後一時、三村容疑者を乗せた護送車を、高瀬・中野両刑事が、前後から挟むように、二台のジープに分乗、ものものしい警戒の中倉敷署を発ち国道二号線を東へ、午後四時過ぎ姫路署に倒着、所定の手続きを終えた後、翌六月二十日、午前九時より、昭和十九年一月十五日、午前二時過ぎに発生した、佐川清正行方不明事件に関する事情聴取が、本格的に行われた。

広　田「これより、佐川清正に関する事件に付いて取り調べを行なう!古い事件だが思い出し答えてくれ!三村!佐川清正さんを知っているね!」
三　村「昨日も言いましたが…教育隊の中にそれらしき人がいたね…。」
広　田「その人と、お前の関係は?」
三　村「…私達、基関要員が教育隊で教えていた、新兵の士官候補生でした。」
広　田「その佐川候補生が行方不明になった日時、お前が最後の目撃者だと確認している、その時の様子を聞かせてくれ。」

三村「私が最後の目撃者？…最後かどうか分かりませんが？確か吹雪の訓練中、伝令に選ばれた、佐川候補生は、初めての演習場なので『国鉄粟生駅』に行く近道を教えてやった記憶があります。この目撃者のいない、一人になった時間帯を利用しての逃亡、又は事故に遭ったものと、今も思っています？」

広田「逃亡？事故？端的に聞くが！その佐川候補生を、お前が何かの理由で殺したのと違うか！お前に疑いが掛っているのだ？身に覚えがないのか！」

三村「私が殺した!?…とんでもない！…身に覚え等ありません！…何も知りません、逃亡で行方不明と聞いていますが？…何かの間違いと違いますか？殺したなんて？」

広田「当夜連れの方が事件に関係している？と疑いの投書が来ている！これでも白を切るつもりか！」

三村「…犯人？私が？…それに投書なんて…？いい加減な事を言わないで下さい！証拠！何の…又誘導尋問ですか？昨日も傷害事件と言いながら、その話は棚に上げ、この話ばかり一体私が何をしたと言うのですか？証拠、証拠と言って何の証拠ですか？」

広田「それでは教えてやろう！『遺体』が出てきたのだ！あの『演習場の井戸』の中から。三村！これでも知らないと言うのか！」

三村「井戸から？…それが佐川…何で分かるのですか？それと私が犯人だと！」

広田「オイ三村！そこまで言わすのか！今まで名前も知らないと言っていたお前が、すんなり佐川と言っているではないか⁉おい！いい加減にしろ！警察を甘くみるな！」

三村「先程投書が来ている？誰からの投書ですか？又、かまを掛けているのでしょう？」

広田「かま？今は名前を明かせないが、当時のお前の部下からだ！心当たりがあるだろう？」

三村「私は殺ってないので、心当たりありません！」

広田「何殺して無い⁉ここまで来てまだ隠そうとしているのか？今手紙の内容を教えてやるから、あの夜の出来事をしっかり思い出し、被害者身内に謝る気持ちで聞きなさい！」

三村「被害者に謝る？何の出来ごと？又作り話でしょう…どうせ根拠のない手紙でしょう？」

十九　犯行訴えの手紙

昭和十九年一月十五日、早朝青野ヶ原で行われた夜間訓練のことを思い出し、筆をとりました。当日深夜の青野ヶ原台地は、激しい雪が降っていた。

自分は訓練上（赤軍、敵）の隊員で、昨夜から明け方に掛けて行われた、夜間戦闘訓練中、敵情監視の任務を受け、部隊前方、１００ｍ前後の地点で、単身歩哨の任務に付いていた。その場所は、病院を南に見て間道から５００ｍ程東北に入った不整地帯で、落葉樹が生い茂る場所だった。翌日佐川候補捜索の折、同僚が調査した病院北側の二ヶ所の井戸から、かなり離れた場所だったと記憶している。当夜、目測7～80ｍ前方雪明りの草むらに二人の人影を発見？敵（青色）の出した斥候と思い、暫く様子を見ていたが『敵発見報告が最優先』と考え、後方部隊に連絡のため、その場所を急ぎ離れた時、後ろでバシャと大きな音が聞こえたが、昨夜以来降り続く雪が、松の枝より落ちた音と気にも留めずにいました。

　そして終戦を迎え、どの街にも戦災を受け失望とやり場のない怒りが渦巻いていた。働く場所もなく秩序の無い不安な日々を過ごす事に気が奪われ、佐川候補失踪事件に付いても記憶から消え失せ、今日まで忘れ過ごしてきたが、当時、あの音についてなぜ疑問を持たなかったのか、又同僚に話さなかったのか？話題になれば捜索隊が拡大捜索を行い、この井戸を突き止めて早期に解決しただろうと思う。

演習終了後、佐川候補の不在を知り、広範囲な捜索が行われたが、捜索に参加した候補生達は初めての演習場で、地理的に不安要素多く、そこに井戸があるとは誰も知らなかったと思います。捜索結果報告で、病院付近の井戸も二ヶ所詳しく調べたとの事だったが。今考えればこれとは別に『第三の井戸』が、その近くにあったのでは？又あの寒さの中、割れた氷が数分で元どおり氷結したと思う。その時刻は、昭和十九年一月十五日、午前二時十分前後だった。

最近新聞で、井戸の中より印鑑が発見されたという記事を読み、あの時の音が耳元から離れず、日夜悩み過ごしています。理由は知らないが、佐川候補が誤って井戸に転落？又連れと話しのもつれから『障害事件又は失踪事件』に関与しているのではと予感するので、この記憶が捜査上、何かの参考になればと思い、手紙をだしました。

中　谷「三村！ここに出て来る二人とは？おい！お前と佐川士官候補生だろう⁉現時点で仔細は分からないが、私利私欲の為、尊い人の命を奪うなんて。お前は今迄何を考えて生きてきたのか？又遺族の方々の心境を考えた事は無いのか。三村！良く聞けよ、この手紙をもとに台地を調査した結果、投書どおり今は二ヶ所の井戸が埋め戻されているが、当時、あの周辺に三ヶ所の井戸があった事を確認しているのだ。それに佐川氏の捜索活動において、病院周辺の捜索責任者となり、地理に不慣れな隊員を選び、巧いこと芝居を打ったな？この悪党め！これでも知らないと言い張るのか！何か言いたい事があるのなら言ってみろ！」

この様な厳しい取り調べが数時間続き、井度から回収した『遺体』と原型を留めない古びた武器の写真を見せられると、三村は顔色を変え、以後柔軟な態度に変わり涙を浮かべながら渋々殺害を認めました。

三村「済みません…私が佐川候補生を殺しました。私も常識もあり善悪もわかる人間でしたが『赤紙』（召集令状）一枚で大陸戦線』に参戦しました。国益の為と理由なき他民族と戦うべく軍事訓練を受け、任務遂行上、多勢の敵を撃ち殺しました。接近戦闘では銃剣で刺殺又は撲殺して、我が身と友軍を守る為の殺人行為に対しての罪悪感が完全に麻痺した状態の日々、皆さん考えて下さい。大陸といえば周囲はすべて敵…長期間の戦闘に対して充分な食料、医薬品、弾薬等の物資が送り届けられれば良いが、物資輸送部隊への攻撃被害等で物資が滞ると、一部最前線の戦闘部隊は生きる為、現地での略奪に等しい調達？又現地住民との無差別殺傷の修羅場に進み、強姦強奪等での口封じの為、老若男女問わず虐殺、証拠隠滅の為『遺体』の焼却又は河に遺棄、これが最前線の姿です。主力部隊の到着後は『憲兵隊』の取り締り区域になるので、それまでは大半の部隊がこの様な状態におかれ、理性を失い人命の軽視『非常識』な命令で動く非人間に変わり、殺人鬼にされた私も被害者です。いつ戦場へ転属命令が来るのかと不安な日々を送り、自己本位に生きる性格に変わり、楽しみの無い日々でした。ご遺族の皆様、今迄罪を隠し本当に申し訳ありませんでした。心よりお悔やみを申し上げます。」

参考までに、回収された印鑑は、佐川が在学中に捺印した書類の印章と照合した結果、同一印鑑と認定され、被害者は佐川清正本人である事が立証された。

又以前三村が所属していた他の部隊関係者等から聞きとったところ、これと同じような事件が、他の部隊でも発生。今も迷宮入りの状態が続いているとか？これらの件に付いても、今後捜査が行われる事でしょう。

二十　犯行自白（その三）

以前取り調べた渋谷熊吉の裏付け捜査が、徹底して行われたものの、事実に反する事が多く種々検討した結果、信憑性に乏しい事により再度姫路署に任意同行。厳しい事情聴取の結果、難事件であったが、次のような自供を聞き出したのである。

中　山「渋谷！先般の調べで、犯人は冨永正治と言っていたが間違いないか⁉」

渋　谷「又同じ事を聞くのですか？まだ分からない事があるのですか？先日捜査官に詳しく申し述べたのに…犯人は冨永正治に間違い有りません。」

中　山「貴様！いい加減な事を言うなよ！当時家屋の修理家財の購入など、大金を使用した事が村人の噂になり疑われた事があっただろう？それとその時使っていた鉈は今何処にある⁉手元に無いと聞いているが？」

渋　谷「大金ではないが、牛馬の買い付けと牛舎の改築に使いました。…鉈？そんな古い話、忘れましたよ。先日も答えましたが、家に無いと言う事は誰かに盗まれたと思います…。」

中　山「盗られた⁉その鉈に持ち主の名前を打ち込んでいたのか⁉」

渋谷「名前!…そうあの頃は物不足で盗難が多く、鍛冶屋に注文する時、名前を入れる事が流行していたので…急ぐ場合は店頭に並んでいる品物を買うが…覚えてはないですね…名前を入れていたかも知れません?」

中山「名前は覚えてない?毎日使う道具に見覚えがあるだろう?又何処の鍛冶屋で作らせた?鍛冶屋の銘は入っているだろう!」

渋谷「皆と同じく…名前を入れていたかな?…その鉈がどうかしましたか?鍛冶屋は金物で有名な、三木市で作った事は確かだけど、お店の名前は『丸長?丸富』どっちだったかな?前にも言ったでしょう⁉何で、しっこく、聞くのですか⁉」

中山「渋谷!もうトボケルの、止めんかい!警察は『渋熊』と刻まれた鉈を回収し鍛冶屋を調べ、お前の持ち物と断定しているのだ!この鉈で、冨永正治を殺したな!」

一瞬顔色を変えた熊吉は、

渋谷「鉈?私には関係ありません…正治が捨てたのでしょう。それに正治は海で行方不明と、聞いていたが?正治を殺したなんて全く…!」

中山「コラ!お前まだ分かってないな!その鉈が冨永正治の『遺体』と共に井戸から出て来たのだ!」

渋谷「正治の『遺体』海で死んだ正治が井戸で？…本当に正治ですか？…海での自殺と思っていたが？まさか…鉈を使って井戸で自殺？…そういえばその頃から、鉈は見当たらないな？井戸の中にあったのか？」

中山「何！自殺？冨永正治が？出鱈目を言うな！それと、荒木勇の頭部も！…同じ井戸から出てきた！お前の犯行だろうが！村人達から事件当時の話を聞き、裏付けを取るとお前が犯人で口封じに、冨永正治を殺ったと噂されていたとか！海で死んだはずの冨永正治の遺体が、何故野井戸の中にあるのか？当時村人達の身辺調査と不審な動きを調べたが、お前以外に冨永正治を殺す動機を持った者は、一人も居ない事も分かっている。お前が幾ら芝居をしても、警察は動かぬ証拠を押えているのだ！良いな、ここらで未だ成仏してない被害者二人の御霊を忍び、又遺族の方々の悲しみを思い、お前に一片の人間としての心があるなら、お詫の気持を表し、包み隠さず真実をいって見ろ！それが、お前に残された唯一の道と違うか！」

このような取り調べを連日受けた渋谷熊吉も、ついに荒木勇、冨永正治の殺人事件について全面的に自供した。ここで参考迄に、渋谷熊吉の生い立ちを述べます。

昭和八年七月十六日、父、渋谷留吉、母、渋谷八恵の次男、熊吉として現住所の村役場へ出生届け、以後成人になった今日迄、同村に住み、親子して小作農を営み、葉煙草の栽培が主で家庭は貧しく、長男の大吉は、小学校を終える早々、大阪方面へ奉公人として出された。元気で生まれつき身体の大きい熊吉は、少年時代から腕白で、村人から悪童と噂され、母親の心労多く、度々謝りに出掛ける姿が見受けられた。小学校を卒業すると家事手伝いに就く、大柄な熊吉は農事作業に向いていたが、無口な性格なので親しい友達も少なく、日頃から村人に何かと反感を持ち、十八才に成った頃、荒木さんの家畜の世話人として雇われていた。

戦後、全ての物が品不足、日々の生活も不安定…当時の市町村では、何処も家畜の盗難被害が多発したので、荒木さんは盗難防止の為、熊吉を雇い牛舎近くに、見張り小屋を建て、熊吉に使わせていた。熊吉の両親は午前中家畜の世話をして、午後は僅かばかりの畑を耕し細々と暮らしていた。親子の食事時以外は殆ど会話の無い生活だった。

松浦「渋谷！昨日も言ったように、全ての証拠物件及び資料が揃っている！今更足掻いても嘘の上塗になるだけだ。良いか、ここらで真実を言ってみよ！」
渋谷「申し訳有りません…私が殺しました…。」
松浦「そうか、ついに話す気になったか？詳しく言ってみよ！」
渋谷「荒木さんは前にも言ったように短気者で酒癖が悪く、酒を飲むと何時も牛舎に来て、不平たらたら、事大げさに喚き散らし、何時も私を馬鹿呼ばわりにしていたので、日頃から腹いせもあり、何時かあの娘をてごめにして、鬱憤を晴らそうと考えていました。」
松浦「何！娘をてごめに？そんな無茶な！お前は何を考えているのだ！それで？」
渋谷「ある晩、娘の離れ部屋に忍び込んだが大声を出され、不在と思っていた荒木さんが駆けつけ、面食らった私を木刀で殴り、ひどい仕打ちを受けました。その時の傷跡です。」
そう言ってシャツを脱いで見せ、肩には骨折したと思われる傷跡が残っていた。
松浦「ほう、そんなひどい事をしたのか？それにしても、お前が悪いよ！いくら腹いせと言っても娘を襲う行動はこれだけでも重大な犯罪行為だ！その後どうなった？」
渋谷「この事があって、私が退院した後、奥さんが見舞いと称して、ちょくちょく俺の部屋に来るようになり、荒木さんが会合とか深酒をした時などは、長話をして帰る日もあり…それとなく二人は深い関係に進みました。」

松浦「何！今度は母親か！お前と言う奴は！事もあろうに、うるさい荒木さんの奥さんと関係を持つなんて？お前は何を考えているのだ！又荒木さんが不在の時、家にも度々行ったのか？」

渋谷「家には行きません、娘の事があって荒木さんは、シェパードを番犬に置き、暇の折り俺を山に追いやり、猿轡をした犬をけしかけるので、私は必死で逃げ回りました。このような訓練を二〜三回したので、あの犬は、私に異常と言える程、敵愾心を持ち、それ以後、家に近付けず…荒木さんは異常心理を持つ恐い人で、血の通う人とは思いませんでした。」

松浦「何！犬を使いそんな恐ろしい事をしたのか？お前のした事も異常だよ？」

渋谷「二人の関係は、暫くの間は人知れず続いたが、年増女は恐いと言うのか？大胆なのか、洗濯物の干す位置で、その夜の旦那の動向を知らせてきたのです。」

松浦「ほう、虫も殺さない顔をした奥さんが？そんな考えを思い付くとは？例えばどんな方法で連絡してきたのか？」

渋谷「色々有りました。荒木さんの下着が、始めに干してある時は『終日在宅』。中当たりの時は午後不在、下から見て右端の時は、終日外泊不在。まあこのような取り決めでした。しかし悪事はバレるもので、ある日会合と言って出掛けたのに、その会合が流会となり、早目に帰宅した荒木さんに現場を目撃され、その場で二人は、袋叩きと罵声を浴びせられ…明日の博労会議が終り次第、この村から親子共々追い出してやる！覚悟して置け！俺の目を盗んで良くも恥をかかしたな！と怒号を浴びせられ…、私は日頃の恨みもありこの時、殺意を抱きました。」

松浦「何！殺意！お前一人で⁉奥さんと共謀したのと違うか？奥さんの様子は？」

渋谷「奥さんは荒木さんから、離婚云々と厳しく言われ、頭から血を流して、泣いていました。奥さんと共謀はしていません。」

松浦「間違い無いな⁉あまり条件が揃っているので、疑うのは当然だろう？ではお前一人の犯行だね⁉冨永正治も関わり無いのか？そこらを詳しく言ってみろ！」

渋谷「私一人でやりました。正治は『遺体』の処置と偽装工作の手伝はしたが、奥さんとは荒木さんに、目撃された翌日の犯行だったので、相談する時間と顔を見る事すら出来ない状態でした。その時は私も興奮していたので、殺意を抱いたものの…一夜明けると、幾ら憎いオヤジといえ、人の命を奪うなんて…昨夜の恐ろしい計画を忘れようと努めたが、忘れる事の出来ない悪夢が、襲って来ました。昭和二十一年七月四日、博労会に行く途中、俺の仕事場を覗いた事で…あの荒木親父の一声が、忘れかけていた殺意に火を付けました。」

松浦「渋谷！勝手な事を言うな！すべてお前の悪事のせいではないか！理由はどうあれ、人の命を奪って、いながら…お前は本当に恐ろしい男だ！それで殺ったのか？」

渋谷「そうです。前に述べたように…忘れもせず、二十一年七月四日午後三時半過ぎ、博労会に出掛ける前に、家で奥さんと喧嘩をしたのでしょう？興奮状態で乾燥場に立ち寄り、『コラ！泥棒猫！俺がお前達親子を養っているのに、この恩知らずめ！』とそれは汚い言葉で罵り、怒鳴り散らされたが、私は何も言われても反論せず耐えていたものの、私達親子を人間とみていないその言葉使いや、横柄な態度に忍耐もこれまで、頭に来た私は理性を失い、バカ野郎！と言って足元にあった鉈を取りあげ後頭部に打ち下ろしていました。気が付くと、血のしたたる鉈を持ち、体中の震えと冷や汗が一度に、噴き出てきました。何時来たのか正治がそこにおり、顔面蒼白で驚き震えていたので、『正治！火力が落ちている！薪を燃やすように』と促すと、私の持っている鉈を取り、その作業にかかり後は、以前申した方法で『遺体』の処理をして行方不明にしました。」

松浦「自分の嫁を寝取られれば、普通の人でもこれぐらいの言葉は吐くよ、それで頭に来たといって、殺人行為に走る？渋谷！お前は身勝手で短絡的な行動をとり？このドサクサの中、鉈に正治の指紋を付けさせ脅迫した事も間違い無いな！これも恐ろしい行為だ！それと荒木さんの頭はいつ、誰があの井戸に捨てたのか⁉詳しく言ってみろ！それ以後、奥さんとの関係も続いていたのだな？調書によると今の嫁さんは確か、娘の久子だと聞いているが？お前は一体何を考えているのだ！人間の面を被り恥じも外聞も無い只の動物か！関係した親子共々の生活？その辺はどうなっているのだ。」

渋谷「頭部は、麻袋に入れ堆肥の中に埋め隠していたが、四～五日過ぎて、近所の人から堆肥の注文があり、その時運び出し麻袋毎井戸に投げ入れました。奥さんとの関係はそのまま続いており、その内娘の久子を嫁にと考えるようになると、好き合っている正治が憎く、邪魔になってきたのです。言われたとおり理性を失い、身勝手な…欲望の道に深まって行き己の心を抑える抑止力もなく　只々その場限りの動物的本能に進んでゆく己の心に、怖さを感じました。」

松浦「何！頭を？そうか？匂いの強い堆肥と一緒に運べば誰も疑いを持たないはずだ、傍で村人と立ち話をしても、おそらく気付かなかっただろう。これも巧い事考え実行したのか？正治が憎いそれは又どうして？」

渋谷「あの二人は婚約しており、この話が出た時欲張りな荒木親父は、正治が婿に来れば家の近くの土地を譲渡してもらう条件を出し、強引に成立させていたとか…奥さんから聞きました。」

松浦「そうか？そのような、あくどい考えを持っていたのか？あの親父は？それで前回自供した筋書きで、正治を犯人に仕立て、久子欲しさに口封じ、一挙両得で正治をやったのか？」

渋谷「そうです。あの時、正治と一緒に仕事さえしなければ…本当に可哀想な事をしました。」

松浦「渋谷！お前は一体何を考えて居るのだ！自己中心主義とはこの事だ！自分の都合で邪魔者は簡単に殺し、お前は悪魔か！聞けば聞く程腹立たしい、正治殺しについて詳しくいってみよ。」

渋谷「少し休ませて下さい、それと煙草を頂けますか？」
松浦「分かった！よし休憩をしょう。煙草を与えてやれ。」
長時間の取り調べで、渋谷も疲れた表情が現れていたが、休憩を挟み、再調査が行われ、複雑で残忍な犯罪を自供したのである。
松浦「それでは、全て話すか？そして楽になれ？嘘をつくなよ、良いな！」
渋谷「分かりました。…あれは荒木さんを殺害した後、警官が再三聞き取り調査に来ました。俺達には村人及び駅員の、証言があったので…疑う事なく荒木さんはここで何を喋っていたのか？博労会議はどのような日程と行動予定だったのか？簡単な調査でしたが、日が経につれ、警官は何を掴んだのか？二十一年の八月、日時は忘れましたが二度程、正治は刑事の聞き取り調査を受け、本人はかなり困っていたね。」
松浦「確か二十一年八月七日と二十二日、二度事情聴取をやっているね？」
渋谷「正治にそれとなく今迄警察が調べた内容を聞くと、もっぱら私の行動を探って居る事を知り、八月末に今一度調べるとか？それ迄に口封じを思い付き、計画を企てました。」
松浦「おかしいな？警察はそんな重大な事を、事前に漏らす事は絶対にあり得ない？どうしてそれを知ったのか？この件に付いて正治はどのように言っていた？」

渋谷「私の聞いたところ、警官が正治に夏休期間中の部活動と行動計画を細かく聞かれ、これらを判断すれば、近々取り調べがありそうだと言っていたので…私もそのように感じ取りました。」

松浦「警察はお前の行動を調べていると聞いたが、何を調べていたのか⁉」

渋谷「私と奥さんの関係…それが荒木さんに知れた時の様子等、耳にしました。」

松浦「それで、これ以上正治に喋られたら困るので、口封じにやったのか？」

渋谷「そうです…正治が喋れば、私も連行されると思い計画をたてました。」

松浦「ほう、計画？…殺人計画か…どんな？」

渋谷「普段付き合いの無い正治でしたが、あの事件以来よく私の離れ部屋へ来るようになっていました。その折今後の事に付いての話しで、二十一年八月二十七日から行われる、大学水泳部の合宿に参加する為、八月二十五日、午後五時三十五分『粟生駅』発の汽車で神戸に行く事を知り、殺害はこの日と決めました。神戸に行く時は早めにここに来て、久ちゃんに逢ったら…？色々あったけど、二人が喋らないかぎり、誰も知らない事だから安心して日々過ごすよう伝え、当日は荷物があるだろうから、馬車で駅迄運ぶと誘うと、有難う！先日兄貴に頼んだら、二十五日は三木市に行く用件が入り、無理だと言っていたので…是非お願いしますと話にのってきたので、当日の動きを頭の中で再確認、事件後誰にも疑われない仕事の内容と、時間の配分を考え、綿密な計画を企てました。」

松浦「そうか？お前は、そこまで考えての行動をしたのか？悪運の強い奴だ！それで？」

渋谷「炎天続きの二十五日は特に暑く、道端は常時陽炎が発生しており、一雨欲しい日だったと記憶しています。午後二時過ぎ大きな荷物を両手にさげ、汗をかきながら正治がやって来たので、西瓜と麦茶を与え、暫く久ちゃんに逢えないので話をして来たらと促すと、それに応じて出掛けたので、この間に私は、バックの中から『制服と靴』を盗み出し、代わりに麻袋を詰め込み、ここで殺すか？ここでは久子や、奥さんに見られる心配があるので…計画通り『青野ヶ原台地の野井戸』に決めました。」

松浦「何も知らず、お前を頼っている正治を殺す？…どんな方法で殺ったのだ！」

渋谷「午後四時前、正治が帰ってきたので、先程山田さんより堆肥の注文があり、『今から運ぶので正治は小荷物のみ持って青野ヶ原、三本松の所で待つように』と言って出発させ、私は馬車に堆肥を積む作業に掛かり、正治の大きな荷物以外に『鉈』を積み込む事を忘れませんでした。この時『青野ヶ原』台上に向かって登り行く正治を、庭先から手を振り見送る、久子の姿を覗き見しながら…馬車を出して青野ヶ原近くの畑へ急いだが、今でも覚えているのは、道中蝉が煩く鳴いていた記憶しかなく、頭の中は殺害の事ばかり、どこで殺るか？この一点、場所は『野井戸』と決めていたので、井戸に鉈を隠す為、旧道を急ぎその工作をしました。道中誰にも会わず、会っても堆肥を積んでいたので心配しませんでした。」

松浦「そうか？堆肥の運搬…誰も疑わないね…その後どうした？」

渋谷「耕作地で堆肥を下ろして、三本松へ急ぎ正治を馬車に乗せ、今度は村人に会わぬ事のみ願い、久子の話の内容を聞き出す事に集中、話の内容と人に会った場合を考え、犯行の変更も視野に入れ…内心不安な状態での移動でしたが、幸い人に出会う事なく『野井戸』の近くまできたので馬車を止め、最近井戸水が減っているとか？見て来ると言って、俺は馬車を離れ井戸傍に来て、中を覗き込みながら『正治！来て見よ！中に蛇がいて、外に這い出そうとしている』と、声を掛けると正治が駆って来て『何！蛇！熊兄何処じゃ？』と言いながら、手前の草を掻き分け、中を覗き込んでいたので、そこに居るだろう？今水中に潜っていると指を差し、井戸底に夢中になっている、正治の後頭部を隠し置いていた鉈を取り上げ、一撃で惨殺しました。正治は、声も出さず大量の血潮を吹き上げ、大きな水音を残し水底に沈み、見る間に水面は赤一色。それは、それは恐ろしい光景で今もその時の様子が夢の中に現れ、冷や汗をかく状況です。」

松浦「お前は、それでも人間か!?血が通っているのか!真面目な将来ある青年をお前の都合で虫ケラの様にいとも簡単に殺し…なんと言う奴じゃー!夢の中に出て来るのは当たり前!こんな恐ろしい行為をして、その時使った凶器の鉈はどうした?」

渋谷「鉈?…唯その時は犯行の恐怖が一杯で、鉈の記憶が無く、気が付いた時には持っていなかったので、無意識に井戸に投げ入れたと思います。この時は、犯行現場を急ぎ離れる事に集中していたので…帰宅途中、預かっていた荷物の処置をして気持ちが落ち着くと、今度は『遺体』の処置に付いて随分悩み、特に次の事に付いて対策を練りました。」

一、夏だから『遺体』の腐敗が早く、悪臭が漂う。

二、必ず『遺体』は浮き上がる。

三、村人が、井戸水を使い『遺体』が見つかる。

渋谷「先程の事を考えると落ち着かず、二十一年八月二十六日早朝、次の事を実行しました。時間は午前三時過ぎと記憶しています。村を出る時犬の遠吼えが聞えており『青野ヶ原』台地と井戸周辺は暗がりで、人の動きも無く、容易に作業が出来たので、これで不安を解消し、安らぎを得ました。その作業とは長い竹竿に出刃包丁を取り付け、遺体が落ち込んだ当たりをところかまわず突き差し遺体を切り刻み、これで体内に発生するガスの放出で『遺体』の浮上防止が出来ると考え、この作業に二十分前後掛かったと記憶しています。」

松浦「何！槍にした包丁で『遺体』を切り刻む？そのような手の込んだ犯罪をしたのか⁉その時使用した包丁は、今も有るのか！…それと悪臭は？」

渋谷「包丁は家に持ち帰ったが、刃こぼれが多く使用出来ないので、後日炉で溶解処分にしました。匂い消しに付いては、大量の堆肥を井戸に落とし込む事で簡単に解消し『遺体』が万一、浮上しても藁等で出来た堆肥の下だから…上から覗き込んでも『遺体』の確認は出来ないと思いました。又悪臭に付いても堆肥の中に大量の家畜の糞があり、この匂いが強く誰にも気付かれなかったが数日後、村人から苦情が出たので、俺は家畜売買の商売をしているので、毎日出る肥やしの捨て場に困り…あまり利用していない井戸と聞いていたので、つい捨て場に…このように謝罪すると村人達は、今回は目をつぶるが、以後気を付けるように、この程度で治まりました。」

松浦「良くそんな事を思い付き実行したな？話を聞けば聞く程、お前は恐ろしい男だ！その時の包丁の刺し傷跡が『髑髏』の表面及び骨等についたのか？未だ解明されていないが？正治が行方不明になった時、警察はお前を疑わなかったのか？駅迄荷物を運ぶ事は久子も知っていただろうに？」

渋谷『髑髏』の傷跡？それは知りません。作業の折穂先が堅い物に当る手応えが、幾度も有ったが？正治は俺が駅迄送る事は久子も知っており、私に仕事が入り、予定変更の件を正治に話しました。手荷物を持ち、一人で駅に向かう正治の姿を、庭先から見送った久子の言葉が決めてとなり、又午後四時過ぎ粟生駅前は、若者が多くたむろし、その中に、正治らしき人がいたと、駅員が証言したので私は警官の追求から逃れる事が出来ました。」

松浦「堆肥の件？山田さんから依頼があったと言っていたが？山田さんに聞けば嘘が直ぐにばれるだろう？その点、警察は追及しなかったのか？又荷物の処分は何時頃したのか？」

渋谷「犯行後、預かった荷物は土中に埋め隠し、後日荷物の中からお金と衣服類を盗み、これ以外の書籍類は焼却処分にしました。山田さんの件は、事実堆肥の依頼が来ていたので、当日実行したと伝えました。今までも村人から料金をいただき、堆肥の運搬をしていたので。」

松浦「渋谷！巧い事芝居をしたな？正治を行方不明扱いに？この計画では？盗み取った品物を利用したと思うが？浜辺にお前が埋めたのか？それとも誰か共犯者がいたのか？」

渋谷「共犯者は居ません。私一人でやりました。以前聞いていましたが、荒木さんは加古川市に『囲い女』を住まわせており、その家の件で近々行く事を奥さんと話し合っていたので…その日を決行日としました。」

松浦「荒木さんが行方不明になった時、愛人がいた事を知り、その重要参考人として谷本幸代を再三調べている。その月日と決行時間は？」

渋谷「そう、確か昭和二十一年九月四日、時間は…午後四時前後、加古川駅の荷物扱い窓口に、荷物を預け谷本幸代の家に行った事を覚えています。年齢は三十歳前後。噂どおり谷本さんは美人で、姿顔立ちが奥さんに似ており驚きました。奥さんは嫉妬深い女で、谷本幸代宅に行く時も同行すると、愚痴り…同行されると計画がバレるので、家屋の契約変更手続きと、東加古川市在住の博労仲間と牛の買い付け商談があると納得させ、計画どおり実行したつもりでしが、嫉妬深い女も何かと私の行動を見透すようで、その場を誤魔化す事が大変でした。荒木さん行方不明以後、奥さんは極端に化粧と服装が派手になり、目を疑った程です。荒木さんがいなくなっても、心配せず博労関係の仕事は俺に任せるので、一緒に住んだらと言っていたが…。私は久子の手前、又荒木さんが帰って来るかも知れない。同居は出来ないと伝えていたので、深夜奥さんが私の部屋に通ってくる状態でした。奥さんは俺の言うとおりに行動しましたが、絶対主人の女に手を付けるな、と口煩く言っており常に私を監視しているように見え、恐ろしい存在でした。」

松浦「残忍なお前が今度はノロケか！ノロケは後で聞く、お前が大罪を犯しているから、全ての行動を監視されている？心理状況にお前が置かれているのだ！犯罪のカラクリを言ってみよ！」

渋谷「谷本幸代の家で『不動産登記書』等確認後、今後の契約に付いての話を終え、家を出たのは午後五時半頃でした。加古川駅で荷物を受け取り、駅前からバスで別府の

松浦　海水浴場へ、そう時刻は七時過ぎだったと記憶しています。海水浴場は未だ人がいたので、離れた場所で時間待ち人が居無くなったのを確認してから、手早く遺品となる品物を砂場に埋めました。」

渋谷「何故砂浜に埋めたのか？又その時点で被服がすぐ見付かり服の破損の度合いで、カラクリがバレると思わなかったのか？」

松浦「一人で泳ぐ時は、盗難防止の見張りが居ないので…、自衛策として被服等は砂浜に埋め、泳ぎながら監視する事を以前、人から聞いていたので…。服の破損…その事も考えました。砂浜だから、浜風ですぐ見付かる事もあるだろうと思い手を打っていたのです。」

渋谷「何！手を打った！どのようにして！」

松浦「二十一年八月二十五日、被服を抜き取った後、牛舎裏に海水を掛けた砂場を作り、その中に被服を埋め、偽装工作をして、直ぐに被服が見付かっても『塩分の含み具合と被服の破損状況』で最低一週間位、砂浜に埋もっていたような状態を作る必要があったので、鑑識官の調査結果が、望みどおり発表される事が絶対必要だったので…。」

松浦「後日この衣服の綻び具合で、捜査官及び遺族は、水難事故として騙され『遺体』の無い海を捜索させられたのか？当時この新聞を読みどう思った？一人ならともかく、二人迄行方不明に仕立て、警察相手のゲーム感覚を楽しんでいたのと違うか？重大な犯罪を、犯していながら!?」

二十一　怪奇現象（鉈の回収）

渋谷「ゲーム感覚では有りません、犯行後期間が過ぎれば…凶器の鉈の存在が心配で、何故あの時鉈を井戸に投げ入れたのか？警察から何時呼び出しが来るのか？不安な日々を過ごしていたので…近々『鉈の回収』を…と思い後日、回収作業に掛かったが、井戸の中は想像以上に寒く、異様な空気と恐怖の世界…恐ろしい『怪奇現象』に脅され全て失敗に終わりました。」

藤原「何！『鉈の回収』？それは何時、どの様な方法で行なったのか？」

渋谷「日付は忘れましたが、事件から二年程過ぎた、昭和二十三年夏の午前三時過ぎと記憶しています。当日、鶏の鳴き声と犬の遠吠えのみ聞こえ静かな朝でした。前日馬車に堆肥を積み、梯子と懐中電灯及び強力な磁石金棒を準備して井戸に行き水中に梯子を降ろし、懐中電灯での作業に掛かりました。だが何故か懐中電灯は灯らず、暗闇での難作業となり、今は『鉈の回収』のみ…、梯子を一段毎、踏みしめて、水面近く迄降りて行くと、井戸の中は異様な空気?作業は全て金棒での手探り…、金棒で井戸底を突付いて音を探知しながら、鉈の回収が出来ると考え実行しましたが、色々な金属が多く都度取り除き、今度こそ手応えと重さで探し求めている『鉈』だと思って慎重に片手で取り上げようとした瞬間『水面に得体の知れない手先が現れ』その『鉈』を持ち去り?水面は波打ち、ガタガタと梯子は揺れ動き、異様な幻聴が聞こえ、瞬時悪寒と恐怖に襲われ、パニック状態に追い込まれ、慌てて外に出るのがヤット…、それは今迄体験した事の無い恐い思いをしました。」

藤原「そんな事があったのか?それは犯罪者が抱く妄想だろう?あれだけの、罪を犯したのだから…。その後はどうした?」

渋谷「今度は七年後の昭和三十年の秋、再び決行しました。日暮れの早い晩秋で人の居ない夜、七時頃だったと覚えています。道具は前と殆ど同じ、新しい懐中電灯を携行したが、井戸の中では今回も使用できず、又薄暗い中で手探りの作業となりました。井戸の水面は穏やかだったのに、回収作業にかかると水面が大きく波打ち空気も寒く『井戸』の中は以前同様、異様な音と？梯子が揺れ動き、再び『霊的怪奇現象』を感じての作業となり何処にいたのか大きな蛇が現れ、梯子に取り付き、私の動きに動揺せず梯子を登り始めました。私は蛇の恐さもさる事ながら、言葉で言い表せぬ恐ろしいこの現場から一刻も早く外に出ようと焦り慌て、今回も外に出るのが精一杯、何も出来ず帰りました。もうあの不気味な井戸に二度と近付く事は出来ません、本当に恐い思いをしました。」

藤原「そうか、二度も恐い目に遭ったのか？それも、これも、お前が悪事を隠し通すからだ！これで、荒木、冨永両人の複雑絡みの殺人事はすべて自供したのだな、これ以外に何か有るか？谷本幸代の件はどう思う？お前何か隠しているのと違うか？今荒木桂子もこの件で、取り調べているが、証拠が有っての取り調べだから、短時間に、告白するだろう。近々この件でも取り調べるぞ！覚悟しておけ！良いな！」

渋谷「奥さんも取り調べ…？本当ですか？私達にアリバイがあるでしょう？何の容疑です

か？毎回捜査官を入れ替え、同じ質問の繰り返し？無理難題の取り調べ、まったく無駄でしょう。」

二十二　屋敷を伺う足音

話は変わり、渋谷熊吉は今迄の事を殆ど包み隠さず述べたが、あの事件以来今日迄、現代化学でも理解出来ない事を度々体験したことを語った。荒木の奥さんとの関係は続いており、一つ屋根の下で娘を含めての生活、憎悪嫉妬が絡み、言葉で言い尽くせぬ複雑な日々、美人に成長した久子は数人の男性から言い寄られていたので、焦った渋谷は母親の居ない時、強引に関係を結んだ。その時の久子は、怒り歎き悲しみ泣いていたが、日が経つにつれ世間体もあり不承不承考え、私との結婚に踏み切った。複雑な家庭ながらも、二人の子供にも恵まれ、渋谷も平凡な父親のつもりでいたが、成長に伴い言葉を覚える頃から、渋谷に対して子供達は恐ろしい形相をするようになってきました。特に長男、光男（五歳）は、喋り方と声色が荒木親父にそっくりで、子供らしさが無い眼差しで見詰められると我が子といえ、そこに憎しみと恐怖を抱く事も度々ありました。

これ以外に月命日前後になれば、屋敷全般に異様な空気を感じ取り、決まった様に家畜が騒ぎ動き回り、これに合わせる様に荒木勇の独特で癖のある足音が、ガサゴソと家の周囲を移動する様に聞こえ、時々立ち止まって？中の様子を伺っているのか？この不思議な現象が起こると、渋谷はただ恐ろしく脂汗をかき、震えが止まらない状況が続き、又この現象で今迄、寝ていた子供達二人が目を覚まし、薄暗い灯りの下からあの眼差しでじっと渋谷を見詰めていた。

この事を妻の久子に尋ねると家畜の事は気付いているが、足音は聞こえない。『そんな恐い事言わないで…それが事実なら、父は未だ成仏してない』と仏壇に線香を上げ、経を唱えていました。

義母はこの異常現象が起こると決まって首筋を押え、痛い痛いと部屋の中を歩き廻り、介護する久子に当たり散らす状態が続いており、年は四十五歳前後だが日々白髪が増え始め、老け込みも早く、あの丸顔からの優しさが消え、孫を抱く姿は七十前後の老婆に変貌し、本人の歎き苛立ちをそのまま、渋谷達二人に当たり散らして来る様になり、渋谷は事実が知れるのを恐れ、これ以上敢えて詮索しなかったが、今後恐怖が益々募り不安な日々を過ごすのか心に焦りがあり、このような『怪奇現象』を度々体験すると、いかに図太い渋谷でも表向きは素知らぬつもりでいたが、近々転居等も考え…別の街での生活を視野にいれての考え…精神的に追い詰められていた。人に言えない苦しみ、罪の深さと恐さを知るに付け、この世で理解出来得ない被害者の恨み辛み、遺恨等、人間の業の深さをつくづく肌で感じ、思い知らされました。

藤原「そうか?そのような『現代科学』でも理解出来ない異常体験をしたのだな?お前が今まで私利私欲に走り、人間社会の道徳と秩序を乱し、常識外れの行動で尊い人の命を奪う恐ろしい行をしたので天罰が下ったのだと思う。渋谷!この世に未練を残して死んだ被害者方々の、ご冥福を祈り、そのご家族皆様の深い悲しみを察し今後、判決がなされるだろう罪に対して素直に受け止め、服役する事を強く望み『野井戸殺人事件』の取り調べを終える。」

渋谷「私が私利私欲に走り、御遺族様に悲しみとご心配を掛け、本当に申し訳ありませんでした。今更謝っても、謝り切れるものでは有りませんが、大罪を素直に受け止め、罪に服し、被害者皆様の御冥福を心よりお祈り申し上げます。」

二十三　谷本幸代、失踪事件

　これ以後、八年前に起きた『谷本幸代失踪事件』についても再調査が行われる事となり、姫路署内のスタッフが活動を開始した。谷本幸代の生い立ちは次の通り。幸代は昭和四年、赤穂市潮崎町五－七番地、父・谷本利三、母・君江の三女に生まれた。

　父親は某製塩会社の従業員で、一男三女の子供を持つ家庭は生活も厳しく、世は正に戦争半ば学問もそこそこに、幸代が十四歳になった春、知人の紹介で兵庫県西脇市の名産『播州織り』の紡績会社に就職したが、会社と言っても従業員二十数人前後の零細企業で、このような会社が大正年代から昭和三十三年頃迄には、数十社も存在したと思う。

　ここで働く幸代は、年と共に顔立ちが美しく心も穏やかで、男性職人の憧れの的となった。恋話の数々そんな甘い話に動ぜず、真面目に働き、将来結婚してささやかな家庭を築く事に生き甲斐を抱いていた。二十歳になった頃、会社社長の二男・次郎から、結婚約束で強引に言い寄られ、この甘い言葉を信じて身を委ねたものの、これが職場で噂となり社長夫妻が猛反発し激怒した。そして、社長から僅かばかりの慰謝料と引き換えに、一方的に退社させられた。

社会知識の乏しい幸代の働く先は限られた場所しかなく、友達が働く明石市の旅館でしばらくお手伝いとして働いた。その後酒場を転々と渡り歩く生活で、月日の流れに夢に描いた結婚と言う言葉も忘れ、文字どおり浮草の生活を送っていた。

今迄、言葉巧みに言い寄って来た男性は幾人もいたが、結婚話を切り出すと皆態度を変え、幸代の前から遠のく男もいたとか。そんな折、荒木勇と酒場で知り合い顔立ちが女房に似ていると真面目に口説かれ、渋々今の生活に入ったと？聞かされた。

負け戦が続く昭和十八年十月、頼りにしていた兄も補充兵として戦地に赴き、南方戦線で戦死、父親も三年前に他界二人の姉も嫁ぎ、幸代の相談話に耳を貸す余裕もない状態だった。母親は年老いていたので、幸代は意のままの考えと行動に走り…そう年も二十歳後半…心に淋しさと焦りがあったと辛い話を聞かされ、谷本幸代の生い立ちと近況は、概ね前記の状況だった。

谷本幸代失踪事件に関する当時の捜査記録を見ると、昭和二十三年九月二十四日、荒木桂子が加古川市警察署に谷本幸代の不在届けを提出、捜査の依頼をしていた。依頼を受けた加古川警察署は直ちに、河野、沖原両捜査官を、谷本家の捜査を命じる。

敷地百坪程に建坪四十坪位のこじんまりした二階建ての家だったが、主の居ない屋敷は雑草が茂り廃墟家屋の状態だった。荒木桂子立会いのもと、家宅捜査を行う。

各階全て窓は雨戸で閉ざされ、内側から施錠各部屋と台所も綺麗に片付けられていた。室内外を丹念に調べた結果、この屋敷内の犯行に結び付く痕跡は見当たらず、郵便受けに、九月五日付け、兵庫駅前郵便局消印の葉書があり、文面は『九月七日の旅行を楽しみにしています。午前十時前後、兵庫駅改札口にいるのでよろしくお願いします』という内容だった。

差出人は、神戸市長田区鍛冶屋町四―二十八、小森敦子と記されこの葉書の住所を後日、調査したが、兵庫区及び長田区内に該当者無く、謎の人物扱いにされていた。この葉書の内容で旅先の判明は出来ず詳細不明、その結果旅先での失踪事件だろうと思われた。

この事件は物盗りとか怨恨による犯罪とは考えられず、谷本幸代不在によって発生する、利害関係の観点から、河野捜査官は、荒木桂子、渋谷熊吉、二人の取り調べを行なったが、谷本幸代が不明になった日、二人のアリバイは立証され、二人は関与無きものと記録されていた。

又、近所の人々から聞き取り調査によると、九月七日より二泊三日の予定で旅行に行くが、行き先は連れに任せているので、分からないと言っていたと聞き覚えており、七日午前九時『朝顔模様』の着物姿で出掛けるのを、近所の人が確認していた。

同日、午前十時頃、国鉄兵庫駅〜駅前商店街、七日午後二時過ぎ相生市、国鉄相生駅周辺で確認されたがこれ以後に消息が途絶え、その後の動きも掴めず、日時が過ぎ謎の残る事件扱いされたものの担当捜査官も一人又一人と減らされ、他の事件に携わる日々だった。

余談であるが、戦後数年は下記の状態が続き、不安な日々だった事を著者は記憶している。昭和二十年八月、敗戦から二十四年頃迄、敗戦処理の動乱期にあり、日本国が連合国によって分割される等、誠らしい噂を聞いた。

昭和二十一年、連合国が日本を統治直後から、戦争責任者の逮捕が行われ『戦争に関わった政治家・高級軍人・憲兵隊員・実業家等』全ての職域での責任者の逮捕等で、数百人単位の容疑者が、GHQの取り調べの為、連行された。敗戦処理上、最も重大な『極東軍事裁判』が開廷され、戦争責任犯罪者として二十四名が逮捕され、後日東條英機、以下六名が死刑の判決を申し渡され、昭和二十三年十二月、絞首刑が執行された。

二十二年五月三日、新憲法の制定等庶民の生活必需品迄にも厳しい監視下に置かれ中でも、天皇制の廃止?華族・貴族・制度と（公・候・伯・子・男）呼称の廃止・財閥の解体・農地改革・教育革命・公職者の追放等・大改革が行われた。

又都市の大半は多大な戦災を受け、各自治体共、国民は住むに家無く、食料不足…日々秩序のない生活を送り、特に若者の働き手を失った農家は、農地が荒地と変わり農産物の生産低下が続く中、諸外国の戦地から数十万単位の、軍人軍属等の引揚があり、国民総員餓死寸前だったと記憶しています。

この状況を見たある政治家の要請で、連合総司令官マッカーサー元帥の厳命により緊急食料の輸入策が取られ、後日大量の穀物が輸入され主要港で荷揚げされた。

昭和二十二年五月三日、日本国新憲法の施行後、目を光らせていたGHQの○○党に対する厳しい取り締まり、特に公共性の強い事業職域（日本国有鉄道、炭鉱、港湾等）での弾圧が強く各企業とも労使間で過激な闘争が多発。社会も無秩序の状態が続く中、『松川列車転覆事件・国鉄総裁怪死事件・帝国銀行毒殺事件』等重大事件が多発し、国民は不安な日々を過ごしていた。

生きる為に必要な全ての品物が戦争で失われ、人々の理性と心も乱れ、知人友人、取引先等の僅かな利害関係でも、人々を震え上がらせた凶悪悲惨な事件が頻発した時代だったと記憶している。こんな時代だから他人にあまり影響を与えない行方不明事件等は、型どおりの捜査で済ませ、その中には重大事件に関与したと思われる事件でも捜査の見落としと人員配置の関係で早期に打ち切った事件も数多くあったと思われる。

谷本幸代の失踪事件も初期捜査はしたが、その後の捜査は早々に打ち切られ『野井戸殺人事件』に絡み、当時加古川署長であった中山氏から、強い再調査の依頼を受けた姫路署は、当時の捜査記録を調べ、捜査活動を再開した。

松田刑事を主任捜査担当官に置き、主任以下八名のスタッフで、この中には当時、加古川署で捜査を担当した、松浦、黒岡両刑事も加わり合同捜査班であった。皆初心に返り、出直し捜査活動を行う事となった。

まず当時の捜査内容記録を再検討した後、要員を二名編成の四班に分け、当時参考人として協力して頂いた、被害者家族及び隣家の人々、友人、知人等、目撃証人からの聞き込み調査等を基に、再調査を実施したが、前回の捜査から八年の歳月が過ぎていたので、転宅、転職、死亡、記憶力に乏しい人や、連絡の取れない人も多数あって、各捜査員は苦労の日々が続いていた。今回言える事は、荒木桂子から家を購入した住民を、岩宮刑事が訪ね不思議な話を聞かされた。現住民は鎌田敏夫、四十六歳、某大手紡績会社勤務。妻・民子、四十三歳と、小学生の娘二人（小四・一年生）の四人家族であった。

その不思議な話とは、昭和二十四年二月三日、買家の話を友人から聞いたので、物件の下見を家族で行い、購入金額及び周囲の生活環境等を調べた結果、殆ど条件が満たされていたので、即契約を結び、二月末購入したそうだ。

引越は学期末休みの間に済ませ、初めて手に入れた我が家で友人を招き、細やかな祝い事をしました。子供達も非常に喜び、二階に上がったり降りたり…落ち着きのない様子だったが入居後、暫くしてこの家で異状現象が起こり、家族の皆が恐怖体験をする事となりました。

二十四　幽霊を見た

四月中旬、加古川堤防の桜も葉桜の時節だった。子供達も初めて通う学校で新しい友達も日毎に増え、楽しい日々を送っていたが、その怪奇現象は一枚の写真から現われてきた。

四月二十日も良い天気で、いつものように主人と子供達を送り出し、私（鎌田民子）は蒲団を干す為二階に上がり子供部屋を覗くと、机の上に『朝顔模様』の着物を着た、美しい人の写真があり、それを見た私は釘付の状態…勿論ショックは大きく、主人の隠し女だろうと色々詮索をしながら、一日中不愉快な気持で主人の帰りを待ちました。

午後八時過ぎに主人は帰宅し、その顔を見て改めて腹が立ち…、私は言葉少なく簡単な食事を出し、子供達に八つ当たりしていた。

写真と私の気持ちなど知らない主人は、子供の事で何かあったな？と思った様子？子供達の前で聞かない方が良いだろうと考えたのか、主人は二人になった時に話をしてきました。

鎌田「えらい不機嫌だが？子供達に何かあったのか⁉」

と主人に聞かれたので私は、主人の隠れた行為を想像すると悲しく…、肩で大きな息をしながら涙を浮かべ、黙って写真を取り出して見せ、これを見た主人は、

鎌田「この人は誰だ！この人がどうかしたのか？」

と聞き返してきた。

民子「トボけないでよ！私に聞かなくても貴方知っているでしょう…！この人、何処の誰ですか？私に隠して！」

鎌田「お前に隠して…？えらい不機嫌と思ったら？この写真の事か⁉この人？俺知らないよ…。これ何処に有った？子供達が何処かで拾って来たのと違うのか？」

民　子「勿論子供達に聞いたわよ！二人共知らないと言っており、今朝学校に行く時、机の上に無かったと言ったので…。てっきり貴方が置き忘れたものと思ったので？この人本当に知らないの？」

鎌　田「俺知らないよ、前の住民と違うか？以前、同僚が言っていたな…。家の近くに美人が一人で住んで居る、どうも『囲い女』らしい…？と聞いた事があったよ、引越しの晩、俺の向かいで飲んでいた川本君から美人の話が出た時、言っていただろう？明日隣の人に聞けば分かると思うよ？しかし、何故机の上にあったのか…？お前何か書類の中から取り出し置いたのと違うか？」

民　子「本当に知らない人ですね？この写真？私は置きません。今朝の事だからはっきり覚えています。蒲団を干すので二階に上がって襖を開けたら、この写真が机の上にありました。おかしな事が有りますね…。」

鎌　田「そうか？明日になれば分かる事だ！」

と主人は言っており、疑問もあるが主人との会話で納得し、腹立たしさを忘れ休んだ。

翌日、隣の奥さんに写真を見せると、前に住んでいた谷本さんで、荒木氏の隠し女だったとか？話では、昭和二十三年九月の中頃、突然行方不明となり当時、二人の警官が二～三度、聞き込み調査に来たとか？その時の様子や噂話など、その他、世間話及び学校関係の話等をして…、帰り際に少し気になる話を聞かされた。

隣　人「奥さん、越して来てもう三週間位過ぎましたね…。何か変わった事はありませんか？」

民　子「そう。早いもので、それ位になります。変わった事？別に、何も有りませんが。」

隣　人「いいえ…そうですか…まあ今後共宜しく。」

これ以後、朝夕の挨拶にも親しみが加わり、日が過ぎてつい写真の事など忘れていた頃だった。最初の異変に気付いたのは、五月の末頃だったと記憶しています。

何時ものように家族を送り出し家事を終え、一階の居間でラジオを聞きながら針仕事をしていると、二階座敷の部屋で擦り歩く足音が聞こえ、人が居る気配を感じたので、私は好奇心と恐怖を抱きながら、ラジオの音量を下げてその動きに集中しました。暫く続いていた足音が治まると、今度は人の会話らしき声が聞こえ、自分の耳を疑った程だった。話の内容は聞き取れないが、それは男女の声でした。少し落ち着きを取り戻した私は、声は外からの声で建物の構造上、二階に反響して聞えてくると思ったが？二階から未だ会話が聞えているので決断した私は、恐さ見たさも手伝い階段を登りました。

登る度にミシミシと足音がして冷や汗をかき…、座敷の前に来たものの、足はガクガク震えており、暫く中の様子を伺うと?部屋の中では物音ひとつせず静寂に戻っており、私は、思い切って襖を開け中に入ると、気のせいか?少し異様な気配を感じたが?これ以外変った事はないので、外の空気の入れ替えでこの異変も治まると思い、窓と襖を開け暫く様子をみる事にしました。この異常体験で、先日隣の奥さんが謎めいた話しをされた言葉の意味が今理解出来たので、小倉さんに話そうか?と考えたが、主人の意見を聞いてから…、今は軽率に動いては駄目と思い、子供達にも伝えず主人の帰りを待ちました。

いつもの時刻に主人が帰り、家族は普段どおり賑やかな食事を終えた後、子供達が二階に上がったのを確認して、日中起った事柄を主人に話すと、主人は驚き聞き入っていたが…。私を疑ったように言葉を発した。

鎌田「そんな異変?お前の気のせいではないのか?川本君は何も言ってなかったよ!?何事もないと思うが…、しばらく様子をみよう。今後もその様な不思議な事が度々起るなら、真剣に考えるよ。子供に話さなくてよかったね。こんな話はすぐ尾鰭が付き大変な騒ぎになるので。」

民子「分かりました。怖いけど私も何時もと同じく、素知らぬつもりで暫く様子をみます…。」

その後も、生け花を切る鋏の音、私が二階で仕事をしていると一階台所で食器を洗う音、階段を登る足音が時々聞こえ、これ以外に深夜凝視されているような空気を感じた事もあったので主人に尋ねると何も感じない様子…。私は不思議な体験を度々しており、それから幾日か過ぎた夜、あの恐ろしい『霊現象』を、家族全員で体験し恐怖を抱きました。

季節は初夏、通り雨が上がり、植木の葉っぱの雫が強い光を受け輝き、庭先の木々から賑やかな蝉しぐれが聞こえ…、子供達も夏休みに入るのを楽しみに通学しており、七月十三日、突然、娘の靖子が熱を出したので、病院に連れて行き診察を受けさせると、一通り診察を終えた医者は、頭をひねりながら？

医者「別に変わった症状も無いけど、念のため熱冷ましを出して置きましょう。無理をせぬ様に。」

と言われたので、今日は学校を休ませ、様子を診る事にしました。

靖子は二階で休むと言ったが、私は看病不便だから私の部屋に寝かせて様子を看ていると、薬が効いたのか寝息も聞こえ、額を触ると幾分熱も下った様子。ホッとして部屋を離れた矢先、

靖子「お母さん！恐い！天井から女の人が、私を見つめている！早く来て！」

と大きな声が聞こえたので、私も驚き子供の傍に座って手を握り締め、

民　子「大きな声を出してどうしたの？女の人？誰もいないよ？悪い夢を見たのと違う⁉」

このように聞き返したが、事実私も恐怖を抱きました。

靖　子「夢と違う！本当よ！確か？この前の写真の人！あの天井板の所から、見下ろしていた？髪が乱れ白い顔…、額から血を流していた。お母さん！傍に居て！恐い！」

民　子「誰も居ないじゃないの、熱のせいでしょう？傍に居てあげるから…、ほら安心して休みなさい。」

このように言って、なだめ寝かせたが？私も怖くて不安でした。

その後、何事もなく娘も落ち着き、皆で夕食をしながらその話も出たが下の娘は笑って、

下の娘「お姉ちゃん！マンガの見すぎよ！自分が空を飛んだ夢を見たのと違う？」

民　子「お母さんもそう思うよ。」

相槌をうち、ラジオから今流行の、並木道子のリンゴの歌を皆で口ずさむ程、家族団欒楽しい時を過していました。

相変わらず世の中は食糧不足で、配給制度が続いており主人は粗末な『ツマミ』を充てに好きなお酒を呑み、そこから僅かな幸せを感じているようだった。

靖子は薬を飲み早目に休んだ様子、私達も柱時計が十一時の時報を打ったのを聞き、床入りしたものの、昼の事が想い出され、中々寝れず午前一時の時報を聞き程なくして階段を登る足音が聞えて来たので私は主人を揺り起こし確認させると、主人は初めて体験する『怪奇現象』に驚き聞き入っていたが、突然二階からギヤー！と子供達の声が聞こえ、私達も驚き震え上がり、主人はすぐに飛び起き、階段を駆けあがり子供部屋に駆け込み、私も同行してそこで浮遊する『異常物体』を見てあまりの恐さに立ち竦み、瞬時冷や汗がドッと噴出して動けなくなりました。

子供達を見ると、子供達も目を光らせ、唯一点を見詰め正に釘付けの状態…、『怪奇現象』が起きている座敷はボーッと明るくそこには、乱れ髪姿の女性が額から血を流し佇み？時々身を屈め、床の間よりの畳辺りに、細い腕を伸ばして品物を探す仕草をしていた。浮遊体は、写真通り『朝顔模様』の着物を着ており、今も鮮明に覚えている。どれ程の時間が過ぎたのか定かでは無いが、四人は互いに口が利けず…、俗に言う金縛りの状態で気付いた時は、午前三時過ぎだったと思う。

先刻の恐ろしい光景が嘘のように消え、狐につままれたような状況で家族は未だ声も出ず、ガタガタ震えており…、その震えも治まった頃、睡魔がドッと襲ってきたので、家族全員一階の部屋で夜明けを待ちました。
　翌朝、深夜の異常現象に付いてお互い確認すると、私が見た『怪奇現象』を皆同じく見ており昨夜の怪奇現象は、夢又は幻でない事を知り、恐ろしい体験を事もあろうに、我が家でするとは思わなかったが…、各自の精神状態を調べ、皆に異常が無い事を確認した主人は、

鎌　田「今後の対策は考えるので、今は誰にも絶対喋るな！」

と固く口止めをしました。この事があってから子供達は一階での生活、それ以後異変もなく過ごして来たが、後日にも夜中に二〜三度、同じ気配を感じたものの？怖くて見に行けなかった。後日主人は、家族たちの精神状態及び健康状況等を考え、心配のあまり由緒あるお寺に行き、和尚さんに一部始終を話して『除霊』をお願いしました。『除霊』をすれば、怪奇現象が治まるのか？今迄の話を聞いた和尚さんは、経を唱え終え、

和　尚「かなり霊が強いのう…。分かった！この程度の霊現象は必ず治まる。このような事は良くある事だから家族の方々の健康上、問題が生ずればいけないので、近々『除霊』を行いましょう。月日と時間は何時でも良いので家族全員と売主も参加してください。準備の品物は線香、塩、硯と半紙そんなところかな？他の物はこちらで持って行くから当日は、大安吉日を選ぶ事。」

と言われました。

鎌田「分かりました。近々日を決め、前以てお知らせしますので、宜しく御願い致します。」

丁重に御願いをして本堂を出たが、境内周辺には、樹齢七～八百年は経っていると思われる大木が茂り、各所に佇む伽藍や石像に生えている苔類からも歴史の流れを感じ取りました。

境内から見おろす加古川市内は、戦災の跡が数ヶ所残っており、特に工場らしき建物は原型を留めない状態で焼け落ち、愚かな人間の争い事とは関係無く、太古から流れ続ける加古川、この川面に照りつける太陽光線が鏡のように反射していた。

空には飛行雲が数条風に流され消え失せ、こうして静かな街の風景を眺めていると、我家の出来事が余りにも『非現実』的に思われ、先刻和尚さんに依頼した用件が、無知で恥ずかしく思ったりしました。

二十五　除霊

荒木桂子に賛同を得て、昭和二十四年七月二十七日の午後一時から、除霊を行う事となり、関係者が集まり、定刻、二人の和尚さんが見え、庭先を丹念に調べた後、家に入るなり

和尚「ほう、度々来ているね？窓は閉めて下さい。」

と指示して、屋内外も調べた後、座敷中央に仮の祭壇が作られ、部屋は古い扇風機の音と共に、風が線香の匂いを部屋中に漂わせていた。

和尚さんから今迄の霊現象について聞かれたので、私は事詳しく話すと、和尚さんは

和尚「この霊は未だ成仏して無く、この家や持ち物に強い未練を残して亡くなっていますね？この方の品物か何か？残っていませんか？」

と尋ねられた。すると荒木さんが

桂子「家具類は家を売る時、鎌田さんとの話の上、そのまま今も使用されている。」

と答えると、和尚さんはそれを見せて下さいと言って席を立ち、読経しながら念視され、それが終わると

和尚「家具には怨念は感じませんね。箪笥の中の品物に未練を残しています？着物等は

どうしました?」

桂子「はい、三振り程私が持ち帰り、残りは古着屋に売り、そう鎌田さんにも二〜三着、
渡しました。」

和尚「その着物は今も有りますか?あればここに持って来て下さい。」

これを聞いた鎌田さんは席を外し、三振りの着物を持って来て、和尚さんの前に差し出した。その着物は四季の花模様で美しく、高価な品物でした。

この着物を手にした和尚さんは経文を唱え終えると、

和尚「この品物に、かなり念が残っていますね。纏めて除霊しましょう。これ以外に書類、
写真等は有りませんか?」

これを聞いた主人が

鎌田「先日の写真を持って来いと告げたので。」

私は一階の書類入れ保管場所を、子供達と探したが、先日の写真は何故か見当たらないので?…後日お寺に持参する約束をしました。

和尚「それでは除霊を始めます。」

和尚さんの読経が、外で鳴く蝉の声と、調和して聞こえていた。三十分程で、読経が終わり、

和尚「これで除霊をしたので霊現象は治まるでしょうが、私がこの部屋に入り、強く怨念を抱く場所があるといって、床の間の前の『畳』を指差し、この畳は敷き替えましたか？」

桂子「いいえ、そのままです。何しろ職人不足で…。あの夜の浮遊体も、この畳から物を拾う様な仕草をしていました。」

和尚「ちょっとその畳を取り除いて下さい、そこに何か大事な物があります。」

主人が直ちに畳を持ち上げると、変色した『大型封筒』があり、封筒を和尚さんに渡しました。和尚さんは、目礼して封筒の中から一通の手紙と、額面三十五万円余りの『定期預金証書』を取り出し、手紙の内容は、今迄母親に心配を掛けた不幸のお侘びと、もし我が身に異変があれば、このお金を母元へ届けてほしいという内容と、母親の住所が毛筆で美しく書かれていた。これを手にした和尚さんは、

和尚「無念じゃ…可哀想に。やはり未練が残るはずじゃ…『南無阿弥陀仏、南無阿弥陀仏』。これは故人の願いどおりにしてあげなさい。妙な考えを持つと、生涯異変が付きまとう事になるので。良いかな、それでは『屋敷全体の除霊』をして終りましょう。」

このような話のやり取りを聞いて、荒木桂子が声をかけた。

桂子「和尚さん！私も数振りの着物を持っていますが？どうすれば良いでしょうか？」

和尚「今ここで言っても良いですか？…他人が居ない方が良いと思うが？」

桂子「人払いをしますので教えて下さい。」

このように言って話を聞くと。

和尚「貴方にはもう付いていますよ？初めて見た時から…そう強い怨念を感じています。

着物以外に強い恨みを受けていますね？成仏してないこの人と何か深い関係がありますね？…失礼ですがお年は六十歳前後ですか？…何？四十八歳？誠ですか…？

これは失礼を申した。除霊？勿論取れますが、故人と関わりの深い方は、朝夕の勤めをして下さい。後日経本を渡すので、その時詳しく教えます。」

桂子「そう、故人は主人の隠し女で…色々揉め事も有りました。除霊の方も宜しくお願いします。」

二人の和尚さんが読経しながら、屋敷内外の特定な場所に塩を撒き、仏字の御札を数ヶ所に貼り付け除霊は終了した。帰り際、和尚さんは、
和尚「故人の希望通り、間違いなく送金をしてあげて下さい。」

と念を押して帰られた。

後日私は、東播銀行加古川支店に出向き、母親宛の送金手続を行うと…爽快な気分になり、肩の荷が降りた感じがしました。

先日隣の小倉さんが言っていた言葉が気になったので改めて伺うと、谷本幸代さんが行方不明になった頃から?あの家では時々『ボーッと明かりが灯り』、人の会話や戸の開け閉め、庭先を歩く下駄の音が聞こえ、この『怪奇現象』の噂が広がると、家の買い手が付かず廃屋となり『異常現象』が益々エスカレートする事を恐れ、地元の方々が口裏を合わせていたと知らされた。又あの写真の件を和尚さんに尋ねると、和尚さんは暫く考えてから、

和　尚「その写真は家に無いと思うよ?…元々存在しない写真だから…この世に未練を残し未だ成仏していない強い霊が、この淋しい自分の存在を、人々に訴え成仏させて頂きたい為の霊現象なので。その後霊現象は起こりますか?」

と聞かれたので主人は、

鎌　田「先日は誠に有難う御座いました。『徐霊後、怪奇現象』から解放され、今は家族共々安心して過ごしています。」

と今の喜びを伝えると和尚さんは、

和尚「左様か？これで成仏されたと思うよ。写真の件も心配しなくて良いから、出来れば暫く線香を上げて下さい。」

と告げられたので、鎌田家ではこれを守り、あの恐ろしい『怪奇現象』からの解放、日々明るい生活に戻ったと聞かされた。

松井刑事は、その不思議な事が事実とすれば…やはり被害者の谷本幸代は、不慮の死を遂げている事を知り、改めて犯人に対しての憤りを感じて、鎌田家を後にしました。

長話となったが、捜査は連日続いており、担当者の聞き取った調書を種々検討すれば必ず、最後に、渋谷熊吉、荒木桂子二人の行動に疑問が残り、完璧と言えるアリバイが、反って捜査官の頭から離れない心境になっていた。

二十六　アリバイ崩し

昭和三十一年八月五日、姫路署に於いて、谷本幸代失踪事件に関連した捜査会議を行い、種々検討した内容は次の通りである。

【谷本幸代、失踪事件捜査記録】

一、昭和二十三年九月七日、午前九時過ぎ自宅を出る。和服『朝顔模様』隣家の人が確認。

二、同年九月二十四日、午前十一時、家主・荒木桂子から捜査依頼。加古川署受理。

三、同年九月二十五日、午前九時半、家主立会いで屋敷調査、葉書持ち帰る。
沖原、岡田両刑事。

四、同年九月二十六日午前十一時過ぎ、国鉄兵庫駅員より聴取本人確認。
沖原、岡田両刑事。

五、同年九月九日、午前十一時前後、姫路駅デパート、午後一時頃、兵庫県相生市、国鉄相生駅。及び、駅前病院にて本人確認。
目撃者多数『駅員・車掌・店員・駅前商店主・看護婦』等。

相生署を通じ九月二十八日、調査確認。

沖原、岡田両刑事。

これ以後の足取りが不明となっていた。

註・九月五日付け差出人、小森敦子の葉書を確認。神戸市兵庫区警察署内では、この葉書の関係人物が事件に関与していると判断して大勢の署員を使い、国鉄兵庫駅及び長田駅、近辺の病院、商店街等、それらしき住所での聞き込み調査をした。しかし、小森敦子の存在及び目撃証人等、事件に関連した噂話もなく差出人は不明で、以後謎の人物扱いとなっていた。


【荒木桂子、渋谷熊吉の捜査記録は次の通り】
一、昭和二十三年九月七日、午前八時過ぎ加古川線、粟生駅より二人で有馬、宝塚へ旅行。七日、有馬『甲山閣』宿泊。八日、宝塚『ホテル蓬莱』宿泊。
二、同年九月二十六日、十二時~午後三時、現地の旅館。ホテルの従業員より聞き取り調査。
何れも二人を確認、小島、松井両刑事。

三、昭和二十三年九月九日、午後八時過ぎ二人揃って帰宅。
証人は、娘の久子と村人、後日確認。

以上、担当刑事・小島、松井

席上、藤原捜査課長から意見が出された。

藤原「皆、これを見て何か疑問を持たないか？どんな小さい事でも言ってくれ！」

藤原課長の右手人差し指には、痛々しく包帯が巻かれていた。

辻「課長！過去の捜査資料を見て、それが全て事実なら納得もしますが、二組同時の旅行について何か隠された部分が有るような気がします？時間差はあるものの『朝顔模様』の着物を着た女性が兵庫駅に？又別人か？約50ｋｍ離れた、姫路西の相生駅での谷本？何か疑問を持ちます。」

石井「自分も『朝顔模様』のような派手な着物に何かひっかかりますね。戦後の事ですから、男性は払い下げの軍服、女性は柄の違ったモンペ姿が多く行き交う時代に『朝顔模様』の着物？これは眼をひきますよ。日時も詳しく捜査されていますが、ここらに疑問を抱きます。」

河野「私は旅先も告げない小森敦子の存在です。捜査で実在不明との事、何故不明なのか？偽名を使う必要があるとすれば、谷本の件で重大な情報を握っている『謎の女』と思いますが、ここらを調べたいと思います。」

上杉「私は勿論今迄発言された事項に各々疑問を持ちますが、これとは別に、相生駅周辺から消えた谷本の足取りに何か疑問を感じます。何故母親の住む赤穂市に直行しなかったのか？又、街の人々から目撃情報がないのか？ここらの重点捜査が必要かと思います。」

藤原「色々と意見を有り難う！同時の旅行、三人共深い関係にあったので疑問はあるね。派手な着物姿の小森敦子の存在、相生市で消えた谷本、そうなんだ！どれを取っても、今迄解明されて無い事ばかり、時間の経過で証人達の再調査も、今後厳しい捜査になりそうだ。当時重要参考人として調べた渋谷熊吉・荒木桂子の二人には、完璧なアリバイが立証されているので？…小倉刑事、岡田刑事！当時調べた渋谷の様子をここで再現してくれないか？」

岡田「分かりました。当時二人で調書を取ったので、大体の事は覚えていますが、細部については資料を見て想い出し再現をしてみましょう。」

藤原「取り調べ室での渋谷の態度はどうだった？激昂又は黙秘等はしなかったかね？」
小倉「それは殆ど無かったです。参考人としての対応でしたので、渋谷はいたって素直でこちらからの問いに協力的に答えました。二人には確実なアリバイがあるのでそのように受け止めました。」
藤原「そうか分かった小倉刑事！この資料を頭数だけコピーするよう担当者に頼んでくれ！」
小倉「分かりました直ぐ手配します。」
と返事を残して、小松刑事は部屋を出て行った。
藤原「部屋は当時のようにして良いから…各自資料を見ながら、今から行なう当時の事情聴取から、渋谷の言葉使いや行動に注目するよう…何か聞き逃し又見落としは無いか？良く聞くように、結果は終わってから協議するので、再現が終わるまで私語は慎む事、以上。」
このような雰囲気の中、小倉、岡田両刑事の打ち合わせが終わり、八年前参考人として連行した、渋谷熊吉の取り調べを再現する事となった。

問：小倉「それでは今から、谷本幸代の行方不明に付いて質問するので、素直に答えてくれ。よいな。渋谷熊吉二十六歳本人に間違い無いね！現住所と家族構成、職業を言ってくれ。」

答：岡田「はい、渋谷熊吉本人です。住所は兵庫県加東郡高岡村三－十七番地。妻・渋谷久子二十五才、長男・光男四歳、長女・香代二歳、義母・荒木桂子四十八歳、五人暮らしで家畜商をしています。」

問：小倉「住民票どおりだね。所で谷本との利害関係が焦点となり、お前達を呼んだのだ！荒木婦人も別室で調べているので、嘘を付いてもすぐバレるので、そのつもりで答えてくれ良いな？」

答：岡田「分かりましたそのようにします。」

問：小倉「それでは尋ねるが、谷本幸代との出会いと、関連事項を言ってくれ！」

答：岡田「出会いは、昭和二十一年七月四日、荒木さんが行方不明になった後、日付は忘れましたが、谷本さんが住んで居る家の件で伺いました。この時が初めてです。前にも述べましたが、谷本さんは荒木婦人の妹かと思うほど良く似ており、驚きました。又壁に掲げている毛筆の額や床の間の生け花を見て、どちらも見事な出来栄えだと、感心した事を覚えています。谷本さんに家を空けてもらうよう伝えたが、聞く耳持たず激怒して『戦後の家が無い時、私は何処に住めば良いの？貴方達には住む家があるでしょう？』と開き直られ…その話は暫く途切れて前の生活に戻っていたが、その後二〜三度、同じ用件で伺うと。『私は今の生活で良いから今後の事は、桂子さんと決めましょう。そんな、野暮な考えは置いといて…』と言い寄られつい深い関係に進みました。勿論、俺が先に手を出していませんよ、こんな事があって暫く桂子にバレる事無く、続いていたが、その後感付かれ、分かった時は大変な騒ぎとなりました。女の争い双方とも半狂乱になって、言葉も聞き辛く恐いですね？本当に驚きました。」

問：小倉「分かった。それが、今まで続いていたのか？月に何日位伺っていた？女同士の話は治まったのか？それと手当ての額は？」

答：岡田「そこ迄言わなければならないのですか？月に何回伺うと？事件に関係ないでしょう。話合いは手当ての額から始まり、桂子から俺を奪うとか？月に何泊とか？他の男を住まわせ、居住権で、永久に家屋を使ってやるとか、かなり難航しましたが結局、桂子が折れて長期間の争いは治まりました。そう手当ては、毎月六百円前後渡（わた）していたね。」

問：小倉「事件とは何か？接触密度（せっしょくみつど）が、犯罪者の心理には大いに関係するのだ！今は容疑者（ようぎしゃ）ではないので、この件は取り下げる。しかし他に何か隠（かく）しているのと違（ちが）うか⁉九月七日、何故（なぜ）同じ日に旅行となったのか？ここに疑問を持つのだが？」

答：岡田「つい事件と言いましたが、私には関係有りません。行方（ゆくえ）不明でしたね。旅行の件ですが、俺（おれ）が話をしたばっかりに、谷本が怒って『貴方達（あなた）二人で楽しむのなら、私も行ってやる！』とただ嫉妬（しっと）の延長で…何も意味が無いですよ。俺（おれ）も売り言葉に買い言葉、勝手にしろ！このような雰囲気（ふんいき）でしたので、まさか同じ日に旅行に行くとは？…私も驚（おどろ）きました。」

問：小倉「次に葉書（はがき）の件だが？差出の人の、小森敦子（あつこ）とはどんな人だ？お前の知人か？又（また）旅先を聞いているのと違うか？」

答：岡田「葉書（はがき）の差出人、全然覚え無く知らない人です。まさか同じ日の旅行？勿論（もちろん）行き先も知りません、唯（ただ）その喧嘩（けんか）の時、郷里に帰って長期滞在云々（うんぬん）と言っており、惚（ほ）れた男の弱みを握（にぎ）った女の腹癒（はらい）せと強がりだと…その時は聞き流していたが…？」

問：小倉「小森敦子（あつこ）、本当に知らない人だね？今迄（まで）聞いた事も無いのか？『朝顔模様（あさがおもよう）』で兵庫駅、二日後、同じく『朝顔模様』の着物姿の女が相生市に突然現れ…ここで忽然と消えた？これに付いて…渋谷はどう思う？相生市に知人がいたとか、立ち寄り先があるとか？聞いた事はなかったか？」

答：岡田「先程も申しましたが、小森敦子は初めて聞く人で、本当に知りません。幸代は日々着物での生活でしたから…。そう、戦後のドサクサの中、派手な着物姿は確かに目立ったと思います。次に相生市の件ですが、私の知って居る限り、知人の存在は聞いていません。幸代は赤穂市生まれだから、地理的に相生市は隣町で、もちろん友達がいたと思いますが？」

問：小倉「そうか。ところでお前達二人は供述どおり、有馬・宝塚の旅行は予定どおり行ったのか？九月七日の、二人の服装と行動を詳しく聞かせてくれ。」

答：岡田「九月七日ね…。私は確かグレーの背広で、桂子は薄い紺色のツーピースの服装でした。家を出たのが朝の七時半過ぎ、国鉄粟生駅、八時半前後の汽車で、加古川駅経由兵庫駅着、そう十時半頃だったと記憶しています。この儘、有馬に行こうと思ったが予定より早く着くので、久しぶりに映画を観ようと兵庫駅近くの映画館に入って、三時間程時間を費やしました。上映の映画は『母子星』と『鞍馬天狗』の二本立てだったが、敗戦後GHQの支配は、映画までも厳しく、チャンバラの場面は全て、カットされており、つまらない映画でしたよ。その後、駅前の食堂で昼食を食べ、商店街をブラブラして『大開通り』や『三角公園』周辺を伺うと進駐軍のジープの車列が我が物顔で走っていた事を覚えています。午後三時過ぎ、新開地から神有電鉄に乗り、四時半頃有馬に着きチェックインしました。」

問：小倉「宿帳の記帳は誰がした？本人の名前で記入したのか？」

答：岡田「私が記入しました。勿論実名で記帳しているので調べてもらえば分かります。」

問：小倉「そうか？『ホテル蓬莱』も同じだな？」

答：岡田「はい、そうです。」

問：小倉「これ以外に旅行をした証拠は有るかね？」

答：岡田「証しね…有りますよ！実は桂子が『ホテル蓬莱』を出るとき、右手中指に怪我をしたので、この事は女将さんや女中さんが、覚えているはずですよ。」

問：小倉「なに、怪我!?そんな事が有ったのか？状況を詳しく言ってみろ。」

答：岡田「私がドアを閉めた時、誤って桂子の指を挟み、痛がる桂子に驚いた女中さんが、メンソレータム等で応急処置をして頂き、女将さんから余分なお土産を貰った事を覚えています。」

問：小倉「そうか？指の怪我？それは動かぬ証拠だね。九日の朝の事か？それ以後はどうした？」

答：岡田「チェックアウトが十時頃、以後『宝塚歌劇場』で観劇、及び遊園地で時間をつぶし、午後四時前の電車で現地を経ち、夕方八時過ぎに帰宅しました。」

問：小倉「ところで宝塚の街の様子と、歌劇の内容を教えてくれ。」

答：岡田「街は宝塚のイメージに程遠い状態で、日本人の男は殆ど国民服、女性は柄こそ違うがモンペ姿の人々が多く、その中に大柄で、赤ら顔の白人と、黒人の軍人達が、家族、恋人、又は日本娘と手を組み、町の中を散策していました。歌劇場周辺の道端には、米軍の車両が多く停車し、歌劇場内も多くの米軍関係の人達が目立ちました。演劇は洋劇が主で、英語での会話、私達には内容が分からず最後のカンカン踊り位しか覚えていません。」

問：小倉「この話、全て本当の事だね？これ以外に何か知らせたい事はないか？」

答：岡田「相生市で幸代は拉致されたのと違いますか？わざわざ相生市で降りたのは親しい友達がいて唆し言葉巧みに家に招き入れ、飲み物の中に睡眠薬又は毒物を混入して持ち物を奪う…。着物と財布は私の取り分、体は貴方が好きなように?男が玩んだ後、殺して遺棄又は、床下に埋める…こんな推理は成り立ちませんか?戦後生活に必要な品物が全て不足していたので…着物等は古着屋又は質屋で換金されたと思いますが。ここらの業者を当たれば、何か犯罪に関与した糸口が掴めるのではないでしょうか?相生市で消息が途絶えたとか?…ついこんな思いを抱きます。」

問:小倉「ほう、そんな推理も考えられるね?日々の生活必需品にも事欠き、義理人情も乏しい時代だったので…勿論警察は犯罪絡みとみて動いているのだが。何しろ単純なようで複雑な要素を含んでいるので捜査は厳しいが!解決を約束するよ!」

以上で、小倉、岡田両刑事による、渋谷熊吉の取り調べ再現は終わった。

藤原「両人ご苦労さん!殆ど供述書どおりだね。演技も巧かったよ。諸君!今演じてくれた流れから、何か掴んだか?頭にピンと閃いた事は無かったか?」

岡田「今迄のやり取りを聞いて谷本が十時に兵庫駅、渋谷が十時半。ここに何か深い疑問を感じます。この時間の設定に、何か謎めいたものがちら付きますが?」

藤原「渋谷達、二人の行動に別段疑わしい所は無いようだね。」

小倉「旅行計画と日程、無理の無い計画だと思います。筆跡鑑定や怪我の様子、同伴者が荒木桂子である確認書を取っているのでしょう？やはり今後は、相生市での足取り調査に掛かってくると思いますが？先程渋谷が推理していたように形こそ違い、このような犯罪に巻き込まれた可能性があると考えられますが？」

岡田「自分は兵庫駅界隈から消えた『朝顔模様』の着物、二日後相生市に現れた『朝顔模様』の着物、この二点に深い意味を感じます。同一人物ならこの間の移動中に、度々車掌に目撃されていると思います。これはこの件に全く関係の無い別人と思いますが…？」

小倉「桂子が指を怪我したと聞きましたが、調書を取っていますね。その時の様子を聞かせて下さい。」

岡田「昭和二十三年九月二十六日、小倉、岡田二人で、渋谷達二人の調書を取りました。まず『ホテル蓬莱』で、女将さんと応急処置をしてくれた女中さんに事実確認をすると、渋谷達の事を良く覚えており、怪我は先程の話…そのままで、疑うところは有りませんでした。」

小倉「勿論荒木の写真を見せて確認させたら、女将と女中は、写真は古く『防空頭巾』を冠っているので、髪型は不明だが、顔立ちからして本人に間違いないと思いました。荒木本人も調べました。勿論怪我をした指も見ましたよ、未だ包帯をしており爪には、二筋の傷跡があったのでこの点を追求したら、指を挟んだ瞬間扉から引き抜き表面に出来た擦り傷と、答えたのと写真に写っていた『井桁模様の防空頭巾』が事実、荒木の家にあり、これが最大の決め手となりました。」

谷本は相生市で多くの目撃者がいたので、この事実が有力視され、相生市近辺での行方不明？この線が強く姫路署員の捜査活動を行っていたが進展はかどらず、以後捜査は、相生市警察署に依頼した形で手を引く事になり、このように確実なアリバイの存在で、二人は関与無しとされていた。

藤　原「渋谷達二人の動かぬアリバイ、兵庫、相生市での『朝顔模様』の着物姿の人物、及び差出人不明の葉書、同時の旅行？何処で谷本は消えたのか？消える理由が隠されていないか？確かに複雑な要素を多分に含んでいる事件だね…。」

当時の警察署は戦災がらみの、身元不明等の難事件を多数抱えており、この事件はこれだけの証拠が揃っていたので、二人の容疑は、特別に除外扱いが当然だと関係署員は取り扱ったと思う。

藤　原「この件に付き、渋谷はやはり白か？あれ程の凶悪な罪を犯している渋谷だから何かあると睨んでいたが、また元の木阿弥か？今後の捜査は、また一からのネタ探しから始まるのか。関係署員の苦労が案じられるね。では今日はここらで打ち切ろう。皆、推理作家のつもりで、今夜一晩考えてくれ、明日皆の意見を聞き検討しよう。」

二十七　怪我の功名

翌朝八月六日、藤原捜査課長は洗顔の時、負傷していた指先の包帯が濡れたので、包帯を取り除きガーゼを剥がして傷を見た。指先を自動車のドアで挟んで二週間余り過ぎていた…。

藤　原「あっ、そうか！これに騙されていたのか？正しく怪我の功名だ！」

突然大声を出したので、どうしたの？と妻の声と共に子供達がこちらを見た。

藤　原「うん、こちらの話、これで片付くよ。」

といって、早目に食事を済ませ、家を出た。

途中、山崎外科に立ち寄り、指の治療を受け、今後変形すると思われる爪の伸び方や、その期間（平均値）の知識を得たのである。

姫路署ではすでにメンバーが揃っており、昨日の宿題に付いて語り合っていた。

藤原「諸君！おはよう！ちょっと寄り道をしたので遅くなった。犯人、いや容疑者が分かったぞ！近々そのウラを取りに行くので、昨日の宿題は一時取り止め。小野刑事！誰かとすぐ『ホテル蓬莱』に行き、当時荒木の指を治療した女中さんから、怪我をした当時の様子を事細かく聞きだしてほしい。前もって爪に傷跡と変形が無かったかどうか？ここを確認したいのだ！仔細は電話で知らせてくれ。岡田刑事、近々荒木宅のガサ入れするので、関係書類の準備と、捜査令状の申請をしてくれ！自分の考えが正しければこの事件の解決は時間の問題だと思う。今のところ、五分と五分、今答えは言えないが仔細は後日伝える。宝塚担当者！道中、気を付けて行くように！」

『家宅捜査』について注意事項を伝える。

藤原「現地に着いたらまず近所の主婦より、情報聴取を行う。荒木桂子の右手中指、爪の傷跡の有無と『朝顔模様』の着物の存在、この二点を調べた後、家宅捜査に入る。」

一、ガサ入れで『朝顔模様』の着物が出て、荒木桂子が私の持ち物といった場合、これを着てよくも、警官を騙したな！仔細は署で聞くと、連行。

二、着物は谷本さんの着物、と言った場合、谷本、本人は今何処に居る！この着物を着て行方不明になった事知っているだろう。仔細は署で聞くと、連行。

以上、注意して行動するように。

こうして藤原課長から新しい情報を得た捜査班は、水を得た魚の如く俄かに署内は活気付き、小倉、岡田両刑事が『ホテル蓬莱』に着いたのは昼前であった。今は小降りだが、二日前から降り続いている雨がホテル下を流れる武庫川を茶褐色に埋め尽くし、それは巨大な生き物の如くうねり、飛び跳ね、そこかしこで飛沫を上げ咆哮しながら流れていた。事前に連絡していたので、当時女中であった河井さんは待機しており別室で当時の様子を伺った。

小倉「早速ですが八年前…荒木桂子がこのホテルで指に怪我をした時の詳しい様子が知りたく、お邪魔しました。」

河井「分かりました。もう八年経ちましたか。早いものですね。」

小倉「怪我をした時、爪を見て何か気付きませんでしたか？どんな小さい事でも…。」

河井「そうね…指先二ミリ位に、二筋の薄い傷跡ありましたが、今回の指元のダメージ度合いでは、今後変形した爪が伸びるかも知れないと。気の毒に思いました。」

小倉「右手中指の爪の傷跡は、今回の負傷で出来た傷跡ですね？それとも古い傷跡…？そこを思い出して下さい。」

河井「負傷前の傷跡は無いようでした。怪我をした時、指の付け根から出血していたので、私は指元を輪ゴムで止血をした後、オキシフールで指先を消毒して血を拭き取りました。その時爪先二ミリ程に二筋の擦り傷跡がありましたが、今後の爪の成長で、この擦傷跡は消えると思いました。この方は何か教え事をしているのか…？全ての指が細く、白魚のように美しい指でしたから。」

小倉「分かりました。擦傷跡は爪先の先端だから、現在傷跡は消えていると思われたのですね？ここが肝心なところ…記憶に間違いないですね。色々とご協力、有難う御座いました。携行品は黒色のハンドバックと装飾品は銀の指輪、真珠のネックレス、それと鼈甲で花柄模様を施した茶色のブローチと聞いていますが？又、観て頂いた顔写真の人と怪我をした方は同一人物ですね？そのように証言していますが…。今もこの点に付いて変わりありませんか？」

河井「はい、髪型は『防空頭巾』で分かりませんが。目元、口元、鼻の形が同じでしたよ、
確か、素人写真だったのか？少しボヤけていたが？私は今も本人と思っています。
装飾品はそのとおりです。持ち物も、牛皮のハンドバック、そう黒色でした。」

小倉「この件に付いて又後日、お聞きするかも知れませんが、宜しくお願いします。本日
はお忙しいところ有難う御座いました。」

これ以外聞き漏らしが無いか確認をして、その内容を姫路署、藤原捜査課長に伝え『ホテル蓬莱』を出た。

八年前の調書で爪の表面の擦り傷は、荒木桂子が扉に指を挟んだ時、慌てて指を引き抜いて出来た傷と言っていたが、今回の調査で判明した事は爪の傷跡は無く、略無傷だった事が確認され、当時この件をなぜ見落としたのか？当時捜査を担当した小倉、岡田両刑事に聞くと、その時は怪我の詳しい状況より、その場所と時刻に、荒木桂子が事実、そこで怪我をした事が、動かぬ証拠となり、女将達の証言で怪我をしたのは、間違いなく荒木桂子本人だと、確証を得たので、後日怪我の内容に付いての詳しい調査はされず、今日に至っていた。

翌日『家宅捜査』令状を手に、課長以下署員を乗せたジープを荒木桂子宅手前で止め、数名の署員が四方に散り、各々地元の婦人達から、桂子の指の傷『朝顔模様』の着物の存在に付

いて情報を集めて確認すると、『朝顔模様』の着物は今迄、村の行事や学校関係の会合等で、二〜三度着ている姿を村人が目撃しており、また右手人差し指の傷跡は、荒木勇と結婚後、農作業で負傷した時の傷跡と判明した。

この二点の確認を取った藤原捜査課長は、庭先にジープを乗り付け驚いて出て来た桂子に『家宅捜査令状』を見せ、家宅捜査を行った。突然の捜査に荒木桂子は顔色を変えて慌てていたが、渋々承諾をしたが、娘の久子は突然の家宅捜査に驚き、事情徴取に応じられないほど放心状態だった。いよいよ桂子立会いで、箪笥の中より十数振りの着物を取り出し、その中から『朝顔模様』の着物について質問が行われた。

藤原「この着物はお前のか！」

桂子「はい、そうです。」

藤原「この着物を着てお前は警官を騙し、芝居をしたな！」

この瞬間、桂子の顔から血の気が引き、か細い声に変わり応答していた。

桂子「何の事ですか？芝居等していません。」

藤原「お前まだ惚けているのか！その爪の傷跡も調べが付いている！詳細は姫路署で聞く！良いな！」

桂　子「私が？…連行!?…そんな…。」

後は、泣き声になって諸動作にも力無く従い、姫路署に連行され、小倉、岡田両刑事の取り調べを受ける事になった。

岡　田「荒木桂子！俺の顔を覚えているか！八年前、お前とこうして対話しただろう。その時もこの件であり前回はお前達のアリバイで、一杯食わされたが、今回はそうはいかないぞ！警察官のしぶとさを見せ付けてやる。この署内では、渋谷熊吉も取り調べているので嘘を付くな。それでは聞くが、昭和二十三年九月七日から九日に有馬・宝塚の旅行へお前は行っていないね？調べが付いているのだ！詳しく言ってみろ！」

桂　子「行きましたよ…。前にも言いましたが、私達には動かぬアリバイがあるでしょう？」

岡　田「そのアリバイが偽証なのだ!?お前の口から本当の事が聞けると思ったが？未だ白を切るのか！幾ら足掻いても今度は通用しないぞ、包み隠さず本当の事を吐け！」

桂　子「偽証…何が？何処が偽証ですか？ホテルの人が、私達の存在を確認しているでしょう？特に指の怪我で確証されたのと違いますか？今更何で…取り調べをするのですか？」

岡　田「指の怪我ねー？遂に切り札を出してきたな！以前はここで追及を絶たれたが、今回はそうはいかないぞ！良いな！その指を見せよ！いいか、この傷跡は薄いがこの傷は新婚当時、農作業で受けた怪我の傷跡だろう？前回確認した時、包帯を巻き痛そうな表情だったので、爪先傷跡の確認だけで話を信じたが、今回は『医学』的に知識を得たので確証があるのだ！先日、当時手当てをした女中さんの話では、爪先二ミリ程度に二筋の浅い擦り傷はあったが、爪元の傷以外は無傷で、美しい爪だったと覚えている！今更誤魔化しても通用しないぞ！この傷跡から判断するとお前はホテルに行っていないね？正直に白状せよ！」

この言葉を聞いた、荒木桂子は愕然と頭を垂れ暫く考えた末、泣き声に変わり自供を始めた。

桂子「済みません。ホテルに行っていません。ホテルはあの憎い、谷本が行ったのです。」

岡田「何！谷本幸代が？本当だな！谷本は今どこに居る！」

桂子「熊吉に殺され…谷本は死にました。私は熊吉の言いなりに乗せられて動いただけです。刑事さん信じて下さい、私は手を掛けていません。」

岡田「何！谷本は殺された！分かった！今後は嘘を付かず、本当の事を包み隠さず話せ！良いな。」

桂子「あれは旅行の日より十日程前でした。熊吉が幸代の話を持ち出し、私の嫉妬を煽り立てて計画を出して来たのです。話は二人にとって有利な事で、特に熊吉を今後独占できる事が嬉しくて。こんな事件になるとは思わず、その寝物語を簡単に引き受けました。私に与えた計画とは、九月七日旅行日に一緒に家を出て、姫路市内で八日迄宿泊せよ。九月九日昼頃『朝顔模様』の着物に着替え相生市に移動、駅前でブラブラして、病院のトイレ等で洋服に着替え、別人になって帰路に着け。夕方七時頃『青野ヶ原病院』東側にある『記念碑』で待つようにと言われたのです。」

岡田「それで記念碑で待ったのか？その寝物語で、谷本幸代の殺害を聞かされ、お前の考えを述べ同意したのか？ここが肝心なところだ！それと兵庫駅で消えた『朝顔模様』の着物の主は誰だ？」

桂子「……谷本幸代です…。幸代の…『遺体』は記念碑の崖下に埋めたと聞いています。詳しい場所は知りません。その場に居なかったので？又幸代殺害に付いて何も相談を受けていません。話では何処か他府県で家を買い与え、住み替えさせると言っていたので、まさか幸代さんを殺すとは思わなかったので…。着物は主人が季節の花柄模様を二振りずつ選び、私と幸代に買い与えていました。『朝顔模様』以外に、『コスモス・菊・梅・桜・菖蒲』等の着物を持っています。」

こういって崖下の略図を書き、刑事に渡すと、これを見た内田刑事は、他の刑事に『ブッ発見！近し』と藤原捜査課長へ連絡を急いだ。

岡田「それならこんな複雑な行動をしなくても良いと思うが？この計画を聞いた時、お前は、どう思った？何処でお前と幸代は入れ替わった？」

桂子「幸代は、兵庫区新開地の映画館で熊吉と落ち合って、そのまま二人で旅行をしました。計画を聞いた時はもう腹が立って、何で私と旅行が出来ないのか？愚痴ると熊吉は、『お前も分っているだろう、今家屋が不足して値段が上がっている、幸代を県外に移住させ、家屋を売買して…。今がチャンス…幸代ともこれが最後だ！分かってくれ』と頼み込まれたので渋々従いました。それと写真？それも熊吉の計画です。私と谷本は、他人が見れば姉妹と言われる程、顔立ちが似ていたとか…。それでホテルの人達も本人だと証言したのでしょう。戦後写真を撮る事など殆ど無く、今と比べて技術が低く又若い時の写真だったので、見間違いをしたと思います？その後が大変でした。七時に記念碑で落ち合って、指先にためらい傷を作り、日々髪型を幸代の髪型に替え、旅先の風景と人々の服装・観劇の内容等、それにホテルの調度品と部屋の様子、宿泊者の動き等、熊吉が記帳したノートを見て、暗記する毎日でした。参考人として調べられた時、旅先での二人の行動と見聞した内容のすべてを覚えていたので、質問を受けても疑われる心配は有りませんでした。」

岡田「そうか、そこ迄協力したのか？熊吉は偶然顔立ちが似ている二人と、同じ着物の模様を悪用しそれに惚れた女の弱みを利用しての犯行か！あの悪党め！この計画でお前は、熊吉と谷本の動きを知っていたのか？又、戦災による家屋不足で日々値上がりしている物件に魅力を感じ、そこに住む人を虫ケラのように殺し、現金を手にしたのだな？その現金はどうした!?」

桂子「お金は熊吉が取りました。戦後、各農家も戦地から復員した若者が増え、農地を耕す為どの農家も役牛が必要で、頻繁に家畜の売買が行われていました。また、豚は食料として飼育し、博労も忙しい日々でした。勿論、熊吉と幸代の行動は聞いてないので…何も知りません。私はどうなりますか？手を出していないけど？これでも犯人扱いですか？…どんな罪に問われますか？」

自供した後グッタリとうな垂れ、涙で濡れた顔をハンカチで拭き暫く泣いていた。

岡田「罪状は今ここで断定出来ない。後日、裁判官が決める事だ！今迄述べた事が全て事実なら『共犯又は従犯罪・偽証罪・犯人隠匿罪・死体遺棄・殺人幇助』等かなりの罪に問われるね？今のお前は重要参考人だから、今後暫く取り調べが続くが覚悟しておけ、良いな！荒木桂子の取り調べはこれで終える。」

藤　原「今日は、朝からご苦労さん！小倉刑事！遂にゲロさせたね。そこに貰い酒があっただろう！前祝だ！コップ酒でいこう。」

こう言った藤原課長の言葉で、刑事部屋は俄かに酒盛りの場に変わり、酒の入ったところで、刑事の一人が質問しました。

刑　事「課長！どうして、荒木桂子を落とす事が出来たのですか？」

これを聞いた藤原課長は立ち上がって、答えはこれだよといって、怪我をした指を見せ、その包帯を取り、昨日閃いた考えを述べた。それを見た刑事の一人が立ち上がり、言葉を掛けた。

刑　事「あの時は申し訳ありません。未だ痛みますか？私が慌てて車のドアを締めたので。」

藤　原「もう痛みは無いよ、これで犯人が逮捕出来ると思えば正に怪我の功名だよ。心配せぬように…。それでは種明かしをする。今迄の捜査資料を調べると、荒木が負傷して約二週間後に小倉刑事が本人の指を調べ、爪に生じた二筋の擦り傷があり、この点に注視したのだ。

一、負傷後早めの検証（二週間以内）なら、未だ傷跡があるので、その話をほぼ100％信用する。

二、熊吉は、幸代の爪元の負傷と、爪先に二筋の傷跡がある事を知り、桂子を被害者にさせ、アリバイの成立を得た。

三、検証が二～三ケ月後なら爪先傷跡はほぼ消滅し、永久に二筋の傷跡を持つ桂子なら、ここで疑問を持たれ、早めの犯人逮捕もあったと思われた。形成細胞にダメージを受けた爪は、他の爪より成長が遅く、その事に付いて知識は乏しい。

荒木は、ためらい傷を付け包帯に血が滲んでいる時が証拠と思い、荒木が早めに捜査依頼をしたのが、今回の自白に繋がったと思うよ。荒木桂子の左中指に傷跡のない指だったら？犯人逮捕は難しいね、又自分があの車で、怪我をしなかったら、この事から関心が削がれ、今日のゲロは無かったと思う、まあこんなところかな。」

刑事「さすが課長ですね。前回は指の怪我でアリバイが立証されたが、今回はその傷で、カラクリが曝露された訳ですね。」

藤原「まあそんなところだ！明日から熊吉を落すので、皆そのつもりで頑張ってくれ！
全て解決したら此処よりましな所で、乾杯をしょう。今夜はこれで解散！」

本日は、朝から緊張の一日で、小倉、岡田両刑事にとっては、あの八年前の汚名返上の日でもあった。今迄この事件に関係した捜査官の苛立ちと苦しみ、又どれ程の時間を費やしたのか定かでないが、この一人の行方不明事件にも、こんな複雑な人間の欲望と醜い絡みを知るに付け、今更人間と言う動物の恐さを思い知らされ姫路署を出た。外はもうすっかり暗く、街は色とりどりのネオンが輝き、昼間の様子を一変させていた。姫路署、南側を東西に伸びる国道二号線、駅前通りを走る車及び街を行き交う人々、各々異なった考えを持って行動をしているが、あのような立場に置かれたら…。ほとんどの人がこのような恐ろしい行動を起こすのだろうか？そこは生身の人間、その場の誘惑と不正に負け理性を失い、欲望に走り日々の生活においても、人としての繋がりを忘れ、常識外れの行動等、この醜さ悲しさとは対照的に月明かりで一際美しく映える、姫路城を仰ぎ眺めながら、我が家に急いだ。

二十八　谷本幸代、殺害自供

昭和三十一年八月六日、荒木桂子から得た内容のウラを取る為、渋谷熊吉の事情聴取に移行し、小倉、岡田両刑事の担当で行われた。

小倉「渋谷熊吉！これより谷本幸代殺害容疑に付いて取り調べを行なう。昨日荒木桂子より事情聴取を行い、犯行の概要は聞いているが、お前が被害者を誘い信用させ、殺害せしめた事実を当署は握っている。今から調べる事に付いて素直に白状せよ！まず端的に聞くが、谷本幸代をお前が殺したね？」

渋谷「この私が…殺していません…以前行方不明と聞いていますが？」

小倉「何！殺してない！ここまできて未だとぼけるのか！オイ！ここに『遺体』を埋めたと言う略図もあるのだ！この地図のどの場所に埋めた！」

渋谷「略図？…誰が書いたのですか？ハハ、またかまをかけて、落としに掛かって来ましたね？」

小倉「落とし？お前、先にも言ったように、荒木桂子が全てを喋り、この略図を書いたのだ！」

渋谷「何？…桂子？それはおかしいよ…事件当時、俺達にはハッキリしたアリバイが証明されているでしょう？幸代が相生市にいた時刻、俺達は宝塚劇場に居ましたよ？」

小倉「アリバイ!?巧いこと偽装して警官を再三騙したな！オイ！爪の傷跡も偽証だと判っているのだ！荒木桂子はお前と旅行に行かず、相生に行ったと言っているぞ！」

渋谷「そんな事を、桂子が言いましたか…？」

小倉「そうだ『荒木は』他にもいろいろ吐いている、旅行後、旅先の街の様子及び、人々の服装と行動等、を記憶したと言っている。此れでもお前は白を通す気か！被害者の無念と身内の悲しみを察知し、ここらで、素直に事実を述べ、罪に服する気持はないのか？…あれだけ凶悪な犯罪を、犯していながら、この事件を隠す事に何の意味があるのだ！良いか、昨日供述した荒木の調書を読むので、良く聞き取れ！」

ここで小倉刑事が調書を読み上げると、これを聞いた、熊吉は肩を落し、当時を思ってか、涙を浮かべ小さな声で答えた。

渋谷「済みません。私が殺しました。桂子の言った通り…ほとんど、そのままです。」

小倉「お前が谷本幸代を殺したのだな！よし分かった！『遺体』は何処に埋めた？」

渋谷「はい、記念碑の崖下に埋めました…。」

小倉「分かった！それではこの地図に埋めた場所を示せ！」
渋谷「『遺体』はアカシアの根元です。村人が土を採掘せぬように、成長の早い木を植えました。」
小倉「何！人が見向きもしない木を植えた？お前の悪知恵にはホトホト手を焼くよ、今もその木は有るのか？それが目印だな！」
渋谷「そうです、今は大木になり茂っています。」
小倉「分かった直ちに調べる、そこ迄喋ったからには、谷本の件も隠さず言ってみろ！」
このような雰囲気の中での厳しい取り調べで、渋谷熊吉は、谷本幸代殺害に関して、複雑残忍な犯行を全面的自供に追いこまれた。

二十九　谷本幸代、殺害計画

渋谷熊吉と谷本幸代が知り合って、約二年が過ぎていた。幸代の趣味は前にも述べたが、生け花と書道、どちらも素人離れしており、月に四～五日、幸代の家で宿泊していただろうか、幸代は、渋谷と過す時は常に優しく、何事にも謙虚な態度と気配り良く、渋谷は幸代の家に通う事で忙しい日々の仕事を忘れ、つかの間の安らぎの時間を感じていた。

渋谷「思えば桂子の嫉妬さえ無ければ…殺害…恐ろしい犯罪行為…思いもしませんでしたが？この件に付いて随分迷いがありました。しかし、荒木勇殺害後、一度ストーリーを考え出すと、それを実行してみたくなる恐ろしい性格に己の心が変わり、何の恨みも無い好きな人を、己の手で計画殺害…本当に被害者とその遺族に申し訳無く思っています。あれは確か二十三年八月二十日、前後だったと思います？九月に入れば少し暇になるので、旅行の話をしました。すると幸代は以前から旅行をねだっていたので、この話を聞くと目を輝かせ、その時は、この着物、持ち物はこれと若い娘のように、はしゃぎ喜んでいました。これほど喜んでいる姿を見ると、是非実行したいものだと後日、宝塚・有馬のホテルに予約をしましたが、その予約の時に桂子の顔がちらつき、連れの名前を桂子と伝えました。この名前を幸代と伝えていたら、桂子を殺したと思います。」

小倉「何！名前の届けで被害者を変える？そんなお前は最初から、谷本幸代を殺す計画だっただろう？桂子も殺す？分からない？お前は何を考えているのだ？」

渋谷「刑事さんもお分かりでしょうが、最初から幸代を殺す目的なら、このような複雑な行動をしなくても良かったですが、あの動きの中には、桂子を殺した場合の事も考え、偽装工作を入れていました。この計画は二人の女にそれぞれ違った話を聞かせ、固く口止めをしました。女達は自分の命が狙われているとも知らず、ただ欲望に前後を忘れ喜び従って、行動しました。旅行は、二十三年九月七日から、九日迄の予定と告げ、二人の旅行が後日、嫉妬深い桂子にバレないように配慮しました。幸代は他の人と旅行をした証しが、絶対必要なので、幸代宛の葉書を他人に書かせ、それを兵庫駅前のポストに投函させました。」

小倉「渋谷！お前はそれでも人間か！惚れた女の弱みに付け込み、尊い命をゲーム感覚で玩び…。何を考えて生きているのだ！第三者に葉書を書かせた？どんな方法で？」

渋谷「幸代と相談して九月に入れば、右手に包帯をして、兵庫駅近辺の病院を訪ね、他人に代筆を頼みそれを投函する事、その葉書を受け取ったら、必ず保管するように伝えました。」

小倉「偽患者に仕立て！関係無い人に、宛先を書かせ、その葉書に警察は踊らされ、貴重な時間と無駄な費用を費やされたのか？この悪党め！その後どうした？」

渋谷「九月七日十時前後、目立つ着物で兵庫駅に行かせ、アリバイ工作の目的で人通りの多い、新開地商店街を抜け、十時半過ぎ待合場所の松竹映画館内のトイレで、洋服に着替えさせ、後は桂子が供述した通りです。唯、指の傷は予定外の事故でした。」

小倉「そうか、当時はこの怪我でアリバイが立証され？…まさか、八年後にこれで崩れるとは？矢張り悪は滅び、不正は出来ないという事よ。映画館の中での着替えなら…観衆はスクリーンに、目を奪われ、他人の着物の絵柄等に興味を持たず、あまり覚えていないだろうな？ 巧い所に目を付け着替えさせたのか！その後の二人の行動と、谷本は何時何処で殺した？」

渋谷「九日の午後六時頃迄は…どちらを殺すか迷っていましたが、宝塚を午後四時過ぎに経ったが、一時間遅れの五時でしたら…おそらく桂子を殺したと思います。私には、二人共必要な人で、お互いに欠点をカバー仕合った組み合わせの女性だったので…。殺す事をためらい…随分迷いました。」

渋谷「午後七時、青野ヶ原台地の記念碑で俺を待っている桂子に、『今夜は私の家で泊まる』と伝えよ。それを聞いた桂子は必ず嫉妬を剥き出し、お前と喧嘩になるだろう！お前は有無を言わさず、桂子を崖下に突き落とせ！俺が下にいるから、後の処置は俺がする。」

もしこれが表に出ても誤って足を踏み外しての『転落事故』で、悪くても過失死程度だからと言い含めると、幸代もその気になった様子だった。俺と幸代は同じ汽車で帰路に付いたが、お互い別々の車両に意図的に乗り込み、加古川線、粟生駅を出た後も、他人同様別行動をとり、二人は青野ヶ原台地に向かった。幸代は俺の30ｍ後方を、見知らぬ人々と前後して歩いていたので、人々は俺達を同伴者とは思わなかっただろう。後方から付いて来る人々も左右の集落に一人～二人と消え、台地に向かうのは間隔をおいた俺達二人だけになった事を確認して、小路に幸代を招き入れ、少し休もうと声を掛けた。側道は樹木が茂り草深い道で、そのまま進むと僅かな広場が有り、七時迄には未だ時間があるので少し休もうと言って萱草に座り、幸代を抱きすくめた。

幸代「こんな所で?」

と言いながら、俺のなすがままに身を委ねてきたので、今がチャンスと両手で首を締め続けると、幸代は必死で両手足を動かし、もがき苦しみ、俺の体を押しのけようと抵抗したが、俺の力には及ばず、徐々に力付き、動きが無くなり、息を引き取りました。静寂が訪れた時、私は何をしたのか?そこに横たわる、幸代の死体を見て我に返り、冷や汗がドッと噴き出てきた。今、俺はこの手で愛している人を殺した事を悲しみ、後悔したが、直ちに防衛本能が働き、人気の無い事を確認して『遺体』の処置に没頭し…行動を起こしました。

渋谷「『遺体』を埋める穴は旅行前に掘っていたので、その穴に『遺体』を落とし込み、幸代の指から血の滲んだ包帯を、抜き取る事を忘れませんでした。」

小倉「渋谷！お前は何を考えて生きているのだ⁉殺意を知らずお前を信じている人を、力ずくで奪うなんて？お前は義理も人情も無い、人間の面を被ったただの動物か…⁉今迄、色々な犯罪現場を見てきたが、このような非人動的犯罪は聞いた事が無い！被害者、ご遺族方々に対し心からの謝罪と、成仏していない谷本さんを忍び、全てを申し述べ罪に服せ！良いな！事前に『遺体』を埋める穴を準備していた？詳しく言ってみろ！」

渋谷「幸代には今迄、全てを包み隠し、私利私欲の為殺害した事を申し訳なく思っています。」

『遺体』を埋める穴は、昭和二十三年八月頃、庭に植える松の木を求めて、記念碑崖下辺りで、二株掘り起こしその時、穴掘り作業でカムフラージュしていたので、後日、村人達に気付かれ、噂になっても説明が付くので、場所は記念碑前から約20m前後の赤土が露出した崖下で、この時は、桂子が転落するものと考えて掘っていたので、勿論上から見ても分からないように、穴には小枝等で隠していたので、俺達が旅行中、誰も気付かなかったと思う。以前申したように、現地に一時間遅れの到着でしたら、被害者は桂子だっただろう。私は草むらに隠していたスコップで『遺体』を埋め、後で蘇生する事を考え…土を被せた頭部当たりを幾度となくスコップで突き立て、蘇生防止をして『遺体』には、充分な土を載せ踏み固めた後、成長の早いニセアカシアの若木を植えました。

この場所は雨が降ると、上部の赤土が削り落ち自然に下方で蓄積され、ここで土を採掘しない限り『遺体』は永久に人の目に触れない場所だと確信して、全ての作業を終えた後、被服・靴等に付いた土を落とし、スコップを隠してから、記念碑に急いだ。記念碑に着いたのが、午後七時前後だったかな？暫くして、桂子が来たので娘の久子と話す場合、口裏合せの為、旅行期間中の行動と指の傷、宿泊ホテルの様子等、事細かい話を聞かせ、午後八時過ぎ帰宅しました。

桂子はためらい傷を付ける事に対して、強い抵抗を示し、

桂子「私が幸代の身代わりに？冗談じゃないわよ！二人で楽しんできて⁉何故私が指先を潰し、痛い目をしなければならないのよ？そこ迄、しなくても、いいでしょう、幸代に何があったの？喧嘩して指先に怪我をしたの？」

このように疑問を持ち、反論したが…。詳細を伝えると何とか納得したので、

渋々石で、指先にためらい傷を付け、幸代から抜き取った包帯を巻き終え、痛い痛いと嘆いている姿を見て、理由はどうあれ、生身の人間に傷を付ける己の行為に、恐ろしさを抱きました。

渋谷「今はこれ以上何も聞くな！二人で旅行に行った事にしてくれ、よいな！それと、今後、紙ヤスリを買い与えるので、絶対に久子にバレない様に、会合とか村人、友人達に会う前に、爪の傷跡の手入れをする事、友人等に聞かれたら、年と共に細胞が弱ったのか、傷跡は二～三年前頃から少しずつ消滅していると述べ、信用させる事。今後警察から呼び出しがあるかも知れないので…。これを暫く続け、傷跡が分らぬ様にしていてほしい。この事は久子を含め他人に絶対喋るな！二人の為に約束してくれ…。」

と必死に頼む俺の態度に桂子は旅先での出来事と、身代わり行為に対しての疑念を抱いたと思うが、それ以上詮索をせず、俺の意のままに従いました。

帰宅すると久子は母親の傷に驚き、心配しながら…旅行の話を求めてきたので、俺と計画した『旅行のおおまかな内容』を話し聞かせ、それ以後今日迄、妻共々、世間の人々を騙し続けて来たのに…。八年後の今、あの時の指の傷によって、この事件が露見するとは思いもしなかった。当時を振り返れば、己の私利私欲で日々暮らし、愛する人を玩遊び、軽率な考えで行動をする本当に馬鹿な男でした。

渋谷「大切な人の命を奪い、遺族の方々を不幸に、陥入れ、悲しませて来た事を深く反省をし、被害者のご冥福を心より申し上げます。今後は人間としての道を悟り、今迄隠し、生きて来た己の無情な心を恥じ偲び…私の犯した罪の重大さを知り、全ての犯行を包み隠さず申し上げ、罪に服する考えです。」

以上で、谷本幸代殺人事件に関しては、私利私欲の複雑な犯罪行為だったが、警察官の弛まない努力の取り調べで、すべて難事件は解決に至りました。

三十　遺体発掘

昭和三十一年八月八日、藤原捜査課長指揮のもと、犯人渋谷熊吉の立会いで自供に基づいた場所での『遺体発掘』作業が行われる事となった。数台のジープに関係署員が分乗、午前九時、姫路署を出て『青野ヶ原』に向かった。

連日の日照りで砂利道は乾燥しており、各車両共後方に砂塵を巻き上げ、十時過ぎ青野ヶ原東側台地麓に到着、現場近くの公道に車を止め、手錠を懸けた渋谷を先頭に、諸々の道具を手にした警官が後ろに続き小路に入りました。草路の両側は樹木が茂り木の葉が顔面を撫ぜ払い、夏草の蒸せる匂いを嗅ぎながら、200m程進んだ時『ここです』と渋谷が足を止め、左上のニセアカシアの木を見上げ指示しました。幹周り30cm前後、高さ10m程の大木で周囲に枝を張り、木の葉が風で揺れ動いていた。大木の後ろは、高さ20m前後、幅30m位の赤土の崖が続き、雨水の流れで出来た幾筋の小さな渓谷があり、現場は青野ヶ原中央東側の低地で、周囲は雑木林に囲まれた場所だった。直ちに、藤原課長の命令で、

藤　原「渋谷この場所だな⁉それでは若い警官を相手に、どの様な方法で殺したのか？当時を想い出し、再現してくれ。」

渋谷「分かりました。…再現しますので何方か相手をして下さい。俺達二人はこの広場迄来た時、少し休もうといって小道に入り、公道から見えない場所に腰をおろして雑談をしました。そして人影が居ない事を確認して抱き締めました。幸代は『こんな所で』と言いながらも俺に身を任せていたので、隙をみて両手で首を絞め付け、路面に引き倒しました。」

そう言いながら、幸代役の警官の首に手を回し、力を入れる状態で地面に引き倒し、バタつく腕を脛で抑え、代役の警官に体重を載せ、もがき苦しんでいたが、渋谷は両手の肘上あたりを、脛で押さえつけ首を締め続けると、苦しむ状況下、両手で何かを掴もうともがいたが、しかし掴む物が無く、両脚でバタバタ地面を叩く程度、十数分で犯行は終わった。

渋谷「そこに動かなくなった『遺体』を見て我に返り、今迄お互いに信じ合い助けあって生きてきたのにと思うと、涙が止めどなく出てきて、己の犯した非人間的犯行の重大さを、怖れ悩み後悔をしました。犯行の状況は以上です。」

藤原「分かった！体重差があるので抵抗できない状態、苦悶する被害者の状況を想像すると？腹が立つよ！お前はそれでも人間か！身を委ね優しさを求めている人を無視しての殺害行為…思考を持つ人間を度外視しての、恐ろしい動物的行為！その時、大きな声を出さずに死んだのか？」

渋谷「はい、首を絞めつづけていたので、ゼイゼイ苦しむ音のみでした。」

藤原「聞けば聞く程お前は悪魔か！恐ろしい男だ！」

渋谷「犯行を隠し、申し訳ありません。今はご遺族方々の悲しみを心よりお詫び申し上げるのみです。」

藤原「分かった！その気持ちを抱き忘れる事無く、今後の捜査に協力せよ。分かったな！それでは『遺体』の回収にあたれ！」

以後、渋谷の自供に基き『遺体』の回収作業に入り『遺体』を埋めた場所周囲で木を切り倒す鋸の音、枝葉を切り払う鉈の音が騒がしく聞えていた。その後、ツルハシ、スコップで、木株の掘り起こし、深さ2m前後辺りから『遺体』が露出、都度、写真に収め、その後の作業は慎重に行われた。この場所は雨水が流れ込む場所なので、土の中は湿気が強く、黒色粘土層が堆積した中から黒く汚れた『遺体』の頭髪は、伸び行く木の根に絡みついていた。『髑髏』は骨格が崩れ落ち散乱した場所に、何かを語りかける様な状態で鎮座しており、被害者、谷本幸代の『遺体』が？こんなに狭い暗い場所で、長期間遺棄されていたのか、この現場を見て被害者の辛い苦しみ、そして寂しい歳月の流れを考えると、犯人に対しての憎しみと怒りを、誰もが強く感じた事だろう。誰が準備したのか？献花と線香が供えられ、立昇る線香の煙が、枝葉を透して来る太陽の毀れ日に当たり、紫色に見え揺らいでいた。

今は唯、物体となった『遺体』に深い悲しみを感じ、口数少なく作業に集中する警察官の手元に皆の目が注がれ…この『髑髏』の額には、自供どおりスコップで刺し付けたと思われる傷跡が残っていた。遺品では銀の指輪、花模様のブローチ、散乱した数十個の真珠玉等が回収され、これらに付いて渋谷から確認を取ると、全て谷本幸代の持ち物と断言した。

回収された『遺骨と遺品』は、専門家による検証が行われた後、白木の箱に収められ、全て『遺体』発掘作業は終了したが、この間、渋谷は捜査課長の質問に対し言葉少なく頷き、充血した眼差しで変わり果てた『遺体』を見て、今更自分の犯した罪の重さをつくづく思い知り、人命の尊さと悲しみを、肌で感じた事だろう。

三十一　髑髏との会話実験

昭和三十一年七月二十二日、私、鬼頭は突然姫路署から招請を受け、午後一時姫路署に出頭すると、藤原捜査課長より、姫路警察署長の萩本次郎氏が紹介され、応接室にて、署長より次の様な挨拶と依頼を受けた。

藤　原「鬼頭さん！先日は大変御世話になりました。本日は、突然お呼び立てして恐縮しております。実はある事件で『髑髏』が掘り出され、この被害者と犯人の氏名が知りたく？本署内では賛否両論ありますが、ここで鬼頭さんの才能が話題となり、是非この場での検証を望む声が強く、敢お願いした次第です。宜しくお願いします。尚この検証は非公開で、内部者のみの参加ですから、気軽にお願いします。」

鬼　頭「分かりました。二ヶ月程経過したので応答可能か疑問も有りますが、やってみましょう。」

以後、藤原課長の案内で二階の会議室に向かった。

会議室には四〜五十名の警察の方々が在席されており、私の顔を見ると瞬時雑談が止み、緊張感の漂う会場に、私は動揺したが、そこには、数人の顔見知りの警官がいたので、安堵しました。席に付くと、藤原課長より署員の方々に私が紹介され、今回検証する『髑髏』は私とは初対面であり、性別・氏名・年齢・事件・の内容、回収された場所、何も知らない状況と報告された後、今から行う検証での情報に付いて、口外禁止等の厳しい注意事項が伝えられ『髑髏』との会話検証に移りました。

杉本検証担当官が合掌して、箱の中から『髑髏』を取り出し渡されたので、私は目礼して『髑髏』を受け取り、静視すると左目上に陥没痕があり、この傷が致命傷だろうと思い、哀れを感じ、聞き取り調査に入りました。

担当官「鬼頭さん、話し掛けてみて下さい。」

と言われたので、私は『髑髏』に呼び掛けました。

鬼　頭「もしもし聞えますか?」

と二〜三度呼び掛けたが殆ど反応がないので、会場の方々から不平を感じ取り、このままでは反応出来ないと伝え、水槽実験を要望すると直ぐに、署員数名が作業に掛かり、水槽の中に『髑髏』が沈められ、設置されたゴム管とパイプ等器具を使い、私は再度呼びかけてみました。

鬼　頭「もしもし聞えますか!聞えたら応答して下さい!…もしもし…ああ少し聞えますよ…

私は鬼頭勝と申します。そう生きている人間ですよ！貴方の名前を言って下さい！」

髑髏「わ・し・にも・さち・よです」

鬼頭「内容が途切れて、分かりにくい状態です。そうゆっくり喋って下さい。」

髑髏「わた…・たにも・さちよ・す。」

鬼頭「たに？名前がさちよ、さんですか？年齢は！幾つですか？」

髑髏「そう…たにもと…さちよです。年は三十六歳です。人と話せる⁇とても驚いています。」

このように時間を掛ける、と応答可能となったので、会場は動揺で雰囲気が変わり、水槽近くに移動する署員もおり、私が『髑髏』に呼び掛ける言葉に集中して、皆静かに聞き入っていました。

鬼頭「たにもとさん、漢字で、どのように書きますか？」

幸代「名字は、山谷の谷に絵本の本、名前は幸せの幸と、君が代の代で？谷本幸代です！
年は三十六歳です。」

鬼頭「谷本幸代さんですね、分りました。谷本さんは誰かに殺されたのですか？そう誰に殺されましたか？苦しかったでしょう…心よりご冥福をお祈り申し上げます。犯人は誰ですか？」

幸代「し、ぶ、や、く、ま、き、ち、です…。」

鬼頭「分かりました。渋谷熊吉ですね。」

この時点で私は、犯人及び被害者の名前を書いたメモを藤原捜査課長に渡し、今後の検証に付いて確認をした。藤原捜査課長はメモを見て、

藤原「有難う御座いました。鬼頭さんの解明率の高さに改めて驚きました。被害者が未練を残している事も考えられるので？…再度呼び掛けて見て下さい。」

鬼頭「承知しました。谷本さん何か伝えたい事が有りますか？」

幸代「有難う…驚いています。私が住んでいた家は今もそのままですか？お願い！床の間の畳の下に、預金証書を隠しています…母に送金して下さい。憎い渋谷を逮捕して下さい。」

鬼頭「母親に送金ですね？しばらく待って下さい。確認しますから…。今署轄警察官に確認したら、現在住んでいる方が和尚さんの指示で、間違いなく赤穂市の母方へ全額送金されたそうです。又犯人も逮捕したので、安らかに成仏して下さい。」

幸代「送金して頂いた…犯人も捕まえた。…有難うございました。辛く悲しい思いをしていたがお陰で成仏出来そうです。本当に有難う御座いました。」

鬼　頭「まだ色々聞きたい事も有りますが、これで会話を終えます。」
幸　代「分かりました。私も色々知りたい事ばかり…だけど大きな悩みが解消されたので助かりました。」
これ以後、署員の方々が『髑髏』との応答を試みたが、全ての方々は会話不可能だった。
藤　本「鬼頭さん本日は誠に有難う御座いました。体調は大丈夫ですか？この検証で一応初期の目的は達成し、各署員もこれで納得したでしょう。色々疑問点もあるが、今後の課題として種々検討され、改めて解明検証が行われると思います？その時もよろしくお願いします。本日はこれで終了させて頂きます。」
私は言う迄も無く協力を約束して、姫路部隊に帰ったが、渋谷熊吉、事件の度に良く聞く名前、面識は無いけど、恐らく人間の面を被った、極悪非道な人だと強い怒りを覚え、谷本幸代失踪事件は、複雑な人間の欲望が絡み、その結果の殺人事件であった。
この事件の捜査活動において、長期間苦労を強いられたが、粘り強い捜査官方々の働きで、渋谷熊吉、荒木桂子、両容疑者の完璧と思われたアリバイを見事に崩し、渋谷熊吉を自供に追い込み、『野井戸に関連した凶悪殺人事件』全て解決したが、思えばこの解決に至る迄、関係署員、苦難の道程であった。

三十二　公表髑髏との会話検証

　昭和三十一年九月十日、姫路市公会堂に於いて、歴史上、前代未聞となる『髑髏』からの聞き取り検証が行われる事となり、今迄、噂になっていた『髑髏』の件が、あらゆる報道機関等マスコミを通じて取り上げられ、姫路署では、その都度取材を拒み避けていたが、『野井戸殺人事件』が解決した今、『髑髏』と会話したと言う『非化学』的問題に対して、化学的にメスを入れる運びとなり、公表しなければならない状況に、追い込まれていた。

　公表は、姫路警察署が主催、姫路市公会堂に於いて、政府関係機関職域者・都道府県警察本部長・及び関係警察官・姫路駐屯地司令及び、関係自衛隊員・医化学者・学識経験者・等、多数の方々の参集の基、実施され検証に先立ち、来賓方々のご紹介、各代表者の挨拶が行われた後、この事件を担当した姫路警察署長、萩本政男氏が挨拶された。

萩本「ご参集の皆様、大変お待たせしました。姫路警察署長の、萩本政男でございます。
　本日は、ご遺族の皆様を、別室にお迎えし、政財界の要職者の方々を始め、医化学・警察関係署員・自衛隊関係者・及び報道関係の皆様を、当姫路署にお迎えし、姫路・小野・加古川・警察署員を代表致しまして、僭越で御座いますが、私より一言見解を述べさせて頂きます。

今迄、再三噂になっている『髑髏』との会話に付き、本日『医化学』両面での検証を、この会場で実施して頂く事となり、事件に関与した自衛官・各警察署長始め、署員の方々同様、私もこの検証を喜び期待致しております。

この事件を取り扱った各警察署長以下署員一同、今日迄、薄氷を踏む思いでした。事の起こりは、自衛官の鬼頭勝氏が井戸に誤って落ち込んだ事から始まり、先日皆様ご承知のとおり『野井戸殺人事件』は、三件共難事件でしたが、各署員方々の努力で全て解決に至りました。改めてご報告申し上げます。

この過程におき『髑髏』との会話？云々と聞かされましたが、私達も皆様と同様、近代社会の中で生きる者として、今は物体になっているこの『髑髏』が口をきき、生身の人間と会話が出来るとは？夢々思ってもなく又、考えてもいません。然るにこの事件に関連した返事は、都度歯切れの悪い対応になり、関係皆様に大変ご迷惑をお掛けしました事、この場をかりてお詫び申しあげます。日夜我が国の公共と秩序の維持及び防犯に務め、国民の生命と財産を守り『近代化学』に基づいた行動での、犯罪の捜査活動並びに交通取締り等、我が国の警察官としての誇りと自負を抱き、職務に務めて来ましたが、本事件に関しては全て事例が無く、署員一同警察官の使命以外に卓越した諸々の事柄が多く、職務遂行上、日夜悩んだ事も多々ありました。

当事件に携わった関係者一同、社会人としての知識と行動等は、皆平常と心得ているものの、この意に反した捜査活動において、現代化学でも理解出来ない『非化学』的事実を自衛官共々当警察官も体験しました。

あの『井戸』の中で会話したと言う、鬼頭自衛官の話どおりの『遺体』がそこに有り、今日迄迷宮入りかと思われた三件の行方不明事件は、殺人事件であって、後日容疑者を逮捕、この容疑者の供述と鬼頭氏が聞き覚えた話の内容が、ほとんど一致していた事、本日はこの不可解な疑問解明の為その道の方々のお力で、この謎を解明して頂く事を強く望み、署員一同期待しております。何卒宜しく御願いを申し上げ、簡単で御座いますが、挨拶に代えさせて頂きます。」

次に科学技術庁の技官、影浦太郎氏が進行係として紹介された。

影浦「只今紹介された『科学技術庁』の影浦太郎で御座います。本日の検証で進行係を務めさせて頂きます。本検証は人類史上、例を見ない初めての体験で、これから行われる検証に身が引き締まる感を抱いていますが、精一杯検証実験の進行を務めるつもりでいますので、宜しく御願い申しあげます。申し遅れましたが、本日『髑髏』と会話検証を行って頂く、自衛官の鬼頭勝氏を紹介させて頂きます。皆様御承知のとおり、鬼頭氏は数か月前の夜間訓練中、野井戸に転落、そこで起きた怪奇現象の体験者で本日、その怪奇現象を解明して頂く事に、強く望みを掛けておられます。皆様よろしくお願い致します。」

進行係が私を紹介すると、一斉にフラッシュが光り会場は騒然となり、どよめきが続いていた。

鬼頭「只今紹介に預かりました鬼頭勝で御座います。本日はご来賓の方々を始め、関係機関の職責の皆様にはお忙しいところ、ご足労をお掛けして恐縮致しております。今日は、私が今迄体験した『非化学』的現象の解明検証に強い期待を抱き、何事にも協力しますので宜しく御願い申し上げます。」

影浦「有難う御座いました。検証に入ります前に注意事項をお伝え申し上げます、検証中は、静粛にお願いします。カメラの撮影録音等はご遠慮下さい、これらの諸事項は当方の専門家が収録しますから、後程必要な方々はご請求ください。以上ご協力を御願い申し上げ、今から検証に入ります。
鬼頭さん！本日はご苦労様です、今から検証に入りますが？ここに設置されている器材に付いて、用途及び詳しい説明はあえて致しません。事前に申し上げると、貴方に疑念が入る事も考えられ、今から行なう検証に、支障をきたす恐れがあると思われるので…その点承知して下さい。尚、貴方方々の会話の音声は、会場内で聞こえる仕組みになっているので、承知おき下さい。」

鬼頭「分かりました。私もこの異様な雰囲気の中、少し緊張気味ですがこの検証で全ての疑問から、解放して頂く事に期待してこの日を待っていたので、未知で不勉強な点も有ると思いますが、宜しく御願いします。」

影浦「それでは！今から検証して頂きますが、検証中皆様、随時此方に来て器具を使い確認して頂いても結構です…但し静粛にお願いします。」

これ以後、検証準備が行われ検証に入っていった。

影浦「鬼頭さん！この状態で『髑髏』と会話出来ますか？声を掛けてみて下さい。」

鬼頭「はい！やってみます」

私は見覚えのある『髑髏』一ツ一ツの名前を呼んだが、僅かな反応が有ったものの、殆ど聞き取れず、机の上に設置された機器にも、殆んど変化が現れなかった。

影浦「鬼頭さん！何か反応が有りましたか？私には何も聞き取れませんが？」

鬼頭「少し雑音が有りますが、私もほとんど聞き取れない状態です。」

影浦「分かりました。やはり水分が必要でしょう？次の実験に進みます。」

こういって川上技官は『髑髏』にスプレーを使い噴霧して、反応をみるよう促されたので、私は再度名前を呼び掛けると、先程より少し反応が現れ、内容不明であるが？確かに答えている事が分かりました。検証器具の針も僅かな動きがあり、この時点で水分が絶対必要と確信したので、今迄の経過を会場の方々に説明した後、水槽検証に移る事になり、その後水槽が運ばれ、目前で箱に収められた『髑髏』との交信に移りました。

川上「鬼頭さん！今から、一個ずつ『髑髏』の入った箱を水槽に沈めます。交信して中身は誰か？当てて下さい、同じ作りの箱だから…外見では判明出来ないと思いますが？」

私は集音器を耳に当て、ガラス管を手にして、

鬼　頭「どうぞ水槽に入れて下さい！」

と合図を送ると、木下技官は紐を付けた箱を静かに持ち上げ、水槽に沈めた。私は、ガラス管を口にして、

鬼　頭「もしもし聞えますか！私鬼頭です！」

と呼び掛けると待っていたかの様に、答えが返って来て、その声色で冨永さんと分かり、木下技官に、この方は冨永正治さんですと告げた。

冨　永「鬼頭さん良く聞こえます！ここは何処ですか？」

以前と違い、集音器を使用しているので、声はガンガンと聞こえていた。

鬼　頭「ここは姫路警察署です。」

冨　永「何！姫路警察署！犯人の、渋谷熊吉は逮捕しましたか？又父母は、私の事を知っていますか？何時までもこの井戸、から出られず辛く悲しい毎日です。」

鬼　頭「犯人は逮捕しました。実情を知りご両親の嘆き悲しみ、本当にお気のどくです。その実情をお伝えしたいのですが今日は、ご『遺体』の方々との会話が話題となり、今検証を行なっています。詳細は後程お伝えしますので、今暫く待って下さい。」

冨永「検証？分かりました。私達に出来る事は、全てお手伝い致します。」
この会話を交信している最中、参加者の人々が驚きの声を発し、会場内は異様な雰囲気に変わり設置された器具を使い、大勢の方が交互に対話を試みたが？誰も応対出来ない状態でした。何故、私のみ『髑髏』と交信出来るのか？各担当者は、その謎を解明する為、必死に機器の操作に取り組んでいた。ここで二個目の箱が入れ替えられ『髑髏』との会話交信を要求されたので、私はそれに応じました。

鬼頭「聞こえますか鬼頭です。返事して下さい！」

荒木「オオ聞えるぞ！熊吉は捕らえたか！俺は夜な夜な家の周りを歩いたが物が見えず、
お前と会話が出来ず淋しい思いをしていた。話をしてくれ、久子はどうなった？
ここはどこじゃ…桂子は熊吉と一緒か？教えてくれ！」

私はこの話し方で、荒木勇さんと分かり技官に伝えました。

鬼頭「荒木さん！良く聞き取れます。色々知りたい事ばかりでしょう…。仔細は担当者
から聞いて後程お伝えします。」

この会話のメモを取り終え、ここで又別の『髑髏』収納箱が入れ替られた。

鬼頭「もしもし聞えますか！私鬼頭です！」

幸　代「鬼頭さん！私谷本幸代です。以前はお世話になりました。生きている人と語れる？実に不思議に思っています。今も人を恨み、自分の人生の惨めな生き方に…淋しい思いと未練を前世に残して、この世に来たが、皆様のお力と仏の導きで、明るく過していけそうです。」

鬼　頭「谷本さん、安らぎを得て良かったですね。心よりご冥福をお祈り申しあげます。詳しい事は後程連絡します。」

ここで又別の箱が、水槽に入れられた。

鬼　頭「今日は！聞こえますか？私は鬼頭です。」

佐　川「鬼頭さん！佐川です！良く聞えます。久しぶり…三村軍曹は生きているのか？父母に伝えてくれましたか？詳しい事が知りたい、頼むよ…。」

鬼　頭「ご両親はお元気だと聞いています。私は捜査官でないので、今ここで即答出来ないが？そのような事柄に付いても、後程お伝え出来るでしょう。今暫く待って下さい。」

これで第一段階の交信テストを終了します。

この場で、鬼頭氏が呼び掛けた『髑髏』の順番はすべて的中していた。

川　上「交信内容で皆様もお分かりかと思いますが『髑髏』との会話は、皆様に聞えないので？種々疑問が有ると思います？検証終了後に纏めて、質疑応答を行いますので、ご了承下さい。」

次のテストは『髑髏』に対しての質問であった。
川上技官から、下記質問事項をここに掲げた順番で、話し掛けて欲しいと言われたので、私はこの項目に沿って、順次聞き取り検証を行ないました。

一、視力。
二、記憶力。
三、死後の世界。
四、どのような人と会話可能か。
五、一番良い会話の条件は。

水槽に全ての『髑髏』が沈められ、私はガラス管を使い呼び掛けました。

鬼頭「皆(みな)さん!聞こえますか?今ここに、あらゆる職域の専門家方々が、大勢参加されています。それは、貴方(あなた)達と私が、何故(なぜ)会話ができるのか?この事に疑問と興味を持たれ、この疑問を『化学』的に解明する為(ため)の検証です。今から色々と質問をしますので、ご協力をお願いします。」

荒木「分かった!荒木だが何でも聞いてくれ、俺(おれ)の知りたい事にも答えてくれ。」

佐川「佐川です。そんな実験をしているのですか?何の気配を感じませんが?協力しましょう。」

冨永「鬼頭(きとう)さん!分かりました。色々テストして下さい。」

幸代「谷本です、こちらも知りたい事ばかり…。よろしくお願いします。」

鬼頭「それでは皆(みな)さんにお聞きします。第一の質問です。皆(みな)さん!視力は有りますか?あるとすればどんな環境で見えるのですか?」

荒木「荒木だが俺(おれ)は何も見えない、他(ほか)の者も見えないと言っている!しかし、ここは井戸と違(ちが)うので?」

佐川「佐川です。場所に関係なく、視力は全くダメです。」

冨永「冨永(とみなが)です。私も見えません、全て真っ暗な闇(やみ)の世界です。物が見たいです。」

幸代「谷本です、私も視力は無く、明暗の区別も付きません。全て闇の世界です。」
私は各々『髑髏』から聞き取った回答をメモに取り担当官の岩宮技官に渡しました。
岩宮「視力は全員無いようですね。それでは次に進んで下さい。」
鬼頭「第二の質問です、次は皆さんの記憶力に付いての質問です、記憶は有りますか？」
荒木「荒木だが、記憶力…俺は生きていた時の事を覚えており、無残な死を恨んで居るぞ！」
佐川「佐川です。自分も以前は、生前の記憶だけと思っていたが？井戸の中で他の被害者と、会話した事と内容を覚えている事は…死後の記憶も有るね。」
冨永「冨永です。皆と同じで、前世と死後の事ほとんど覚えている…。だから犯人が憎いのです。」
幸代「私も皆様と同じです。前世、死後の世界、全ての記憶力と動きを感じ、覚えています。」
木下「有難う御座いました。」
木下技官は聞き取ったメモをマイクで読み上げていた。
鬼頭「第三の質問は、生きている人間が一番知りたい、死後の世界の事です。貴方達も前世ではこの件に付き色々疑問を持っていたでしょう？死後の世界は、宗教・心理学・医学等、学者の方々の数多い書籍類で、その考えと知識等で、色々言い伝えられていますが?それは誰も経験していない未知の世界の事なので、今ここでその事実が知りたいのです。」

荒木「よし分かった!俺の見た事は一部と思うが、死後の世界は有るよ、俺みたいに特に、恨みを持って死んだ者は、死後でも『ひがみ』根性と未練が強く事ある度に、前世の地をさ迷うのです。先程も言っていた通り何も見えないが?」

鬼頭「死後の世界はありますね…?僻み辛みの根性?この世に残した怨念の数々、成仏出来ない苦しみがあるので?」

冨永「冨永ですが、私も死後の世界を感じます。こうして鬼頭さんと会話出来る事が、正に死後の世界と思うよ?私はほとんど井戸の中での会話だから、死後の知識は少ないが、他の亡者の伝えでは、死後は男女別々の世界で、亡者には足が無く空中に浮いている状態。しかし行動は足がある感覚で低地を移動している?その様に感じています。眼が見えないので、他の人の行動は不明ですが?」

佐川「佐川です、自分も死後の世界の存在を確信しています、私の場合は、大きく分けて、明暗の世界と思われる場所があり、その二つの場所を自分の考えで行き来しています。私のように瞬時に殺された者は、あまり感情は残らないと思うが?それでもこの無念を母親に知らせたく枕元に二～三度立ったが？こちらに視力が無いので、母親の表情が確認出来ず残念でした。」

冨永「冨永です、死後の世界。前世で考えていた『お化けと幽霊』等居るのかな？場所によれば、そのような雰囲気の所もあるが？私は死後の世界と言っても殆ど井戸の中…私が感じ取っている死後の世界は一部分だから？今後『霊界又は魔界』に入るのでは？このように思います。」

幸代「谷本です。死後の世界は勿論あります。私は度々住んでいた家に伺い、生前蓄えたお金と品物に対して執着心が強く、私の思い通りにして頂きたく、私を死に追い込んだ人には、強い恨みを抱き、その人の生根をむしばめていたが、今はある程度の思いが叶えられたので、この恨みも日毎に消える事でしょう。死後の世界は、各々感じ方は違うと思います。現世で考えている事に近い状態で、存在すると思われ、色々な行動で訴えていますが、人其々の死にかたで死後の行動が異なり、この世に未練を残して死んだ人、未だ遺体が回収されて居ない被害者等々、身内縁者に見守られて安らぎの旅立ち…。その状況で随分変わると思います。」

会場では、この長い会話の交信を聞き取ろうと、大勢の人々が器具を使い交互に試されたが、前回同様、機器に反応が有るものの『髑髏』からの話を直接聞き取る事は出来ない様子だった。この項目に付いても、環境及び時間と『現代医化学』での臨床実験等で、近日中に解明されるものと思われます。

影浦「鬼頭さん！それでは、次の質問に進んで下さい。」

鬼頭「分かりました。四人にお尋ねしますが、どのような人と会話が出来るのですか？貴方達と応答出来る何か、特殊な信号又は、これに近いエネルギー等を出して居るのですか？それと特殊な才能、心霊学、宗教学等、必要としますか？」

荒木「荒木だが、誰と話せる？俺にも分からない？鬼頭さんと会話出来る事が、死者の俺達も驚いているのだ。」

佐川「私も荒木さんと同じ考えです。こちらから会話が出来るような、雰囲気環境、霊現象等を出す状態ではないので？」

冨永「冨永です、鬼頭さんは生死を掛けた、あの悪い環境の中で、何かの働きが、脳細胞を刺激して、特異体質に変化されたと思いますが…？こちらから、エネルギーなど出していません？」

幸代「谷本です。全て不思議です。前世で死者を呼び出す『イタコ』の話は良く聞きましたが？鬼頭さん以外の方々と、会話出来ない事も不思議です。」

鬼頭「皆さん色々な回答有難う御座いました。そちらからアクセスしていない様子…確認しました。それでは次の質問にはいります。会話する上で、最良の条件とは？」

荒木「荒木だが、他の場所で応答してないので不明だが？水の中が好条件と思うよ。そう思っている。」

佐川「佐川です、ここ以外での会話をしていないので、詳細は不明だが？私も、水分が絶対必要と感じます。井戸の中なら、被害者の皆さんと、会話出来たが水気の無い場所では、他の被害者方々と会話出来ない事を考えると、このように思います。」

冨永「冨永です。私も皆さんと同じ思いです。井戸の中と今の環境でのテストで、どの様な変化があるのか不明ですが？場所関係なく、水溜まりの状況が適していると思います。」

幸代「谷本です。私は体験が浅いので仔細は分かりませんが？皆さんと同じだと思います。」

私は今迄検証した条項を書き止め、木下技官に報告しました。

一、視力に付いて『四遺体共』環境場所に関係なく、視力は無い。
二、記憶力に付いて『四遺体共』前世及び、死後の記憶も有る。
三、死後の世界に付いて表現は違うが、皆体験しており、存在する事が判明した。
四、どんな人と会話可能か？今迄の検証では、私鬼頭以外の人々は、応答不能と判明した。
五、会話における好条件とは？水分が必要だと得られた。

注：被害者の身内縁者の方々も、何とか被害者と交信を試みたが、誰も会話が出来ず落胆されていた。

午後から鬼頭氏の会見が行われ、司会者から注意事項が述べられた後、質疑応答に入り、私は井戸に落ち込んでから、今日迄の諸々の体験と、その時の状況を思い出しながら答えました。

三十三　質疑応答

杉　本「私は近畿新聞社の杉本です。午前中の検証結果、ここに参加されている方々のほとんどが『髑髏』と会話出来ず、未だ疑問の残る結果となりました。この点についてどう思われますか？第二点として鬼頭さん自身の件ですが？井戸から脱出され、今日迄に体調もしくは、精神的に何か変化がみられますか？」

鬼　頭「お答えします。検証結果、何故私のみ応答出来るのか？…この件詳細に解明出来ず疑問を抱くところです。この件はいずれ解明されるでしょうが…。今言える事は先程被害者の冨永さんが言っていたように、あの異常な井戸の中、泥水を飲み身心共に悪戦苦闘した事で、このような異常体質に変化したのか？今はそれしか考えられません？

第二の質問のお答えです。あの日以来雨天の日、自覚症状が時々起こり、雨天候の墓地を通ると、その墓場から意味不明の言葉が聞こえる事もあります。

当初は井戸の中で想像を絶する体験で、異常体質の変化だと思い、時間が過ぎ精神的に安定すれば治ると思っていますが、最近増々進行している様子が気掛りで…。

先日、耳鼻科と精神科で精密検査を受けたが、どこにも異状は診られず？診察した各医者は近々治るから、あまり気にせぬように…と言われました。特に今日の検証に備え、総合検診を受け、頭脳及び神経器官共、正常と診断されていますが？この件に付いても医学的に、解明して頂く事を強く望んでいます。」

杉本「まず『髑髏』との会話について、先程も話しに出ていたように、鬼頭さん以外、誰も聞き取る事が出来ず、残念な結果となりました。このように、化学装置を使用しての検証でも、解明出来なければ、鬼頭さんがいくら聞き取り調査をして頂いても、真実そのような会話がなされたのか？殆どの方が疑問を抱いていると思われるので、ここでその疑問解明の為、何か別のテストを望みます。

例えば被害者しか知らない人名、品物、建造物等を聞き出し、その人又は品物が、事実存在するのか？現地で確認して頂く？その回答率の評価次第で、鬼頭さんは『髑髏』と会話可能な人として認定されるのではないでしょうか？」

鬼頭「分かりました。皆様が疑われるのは当然です。是非そのような検証を、私からも提案します。関係者の皆様よろしくお願いします。」

村本「村本です。分かりました。直ぐに担当者と相談しますので暫くお待ち下さい。」

その後、関係者十四~五名が、別室に入り協議が行われた結果、前記の案が採用され検証実験に移っていきました。

村本「鬼頭さん！協議の結果、先程の件を採用します。それでは『髑髏』一体毎に、本人しか知らない物の存在を確認し、会場の皆様にお伝え下さい。」

鬼頭「承知しました。私が『髑髏』と会話して、その内容を全て復唱しますから、録音とメモをとって下さい。勿論私は『髑髏』から聞き取った事のみ伝えますから…、宜しくお願い致します。」

三十四　現物聞き取り調査

水槽に四個の『髑髏』が沈められ、機器の取り付け調整等、二~三人の手で準備が行われた。

木下「それでは検証実験に入ります。録音等準備はよろしいですか？」

私は木下技官の許可を得て、器具を使い『髑髏』に呼びかけた。

鬼頭「皆さん聞えますか?鬼頭です。先刻、色々な機器装置を使い検証をしたが、私以外の方々は皆様と会話が出来ず、疑問の残る結果となりました。今一度、別の方法で疑問点を解明する事になったので、宜しくお願いします。」

荒木「荒木だが、よし分かった。何でも聞いてくれ。」

佐川「佐川です。今度はどのようにして調べるのですか?」

冨永「冨永です。分かりました。協力しますよ、何でも聞いてください。」

幸代「谷本です。分かりました。私の知っている事はお伝えします。」

鬼頭「御協力有難う御座います。それでは皆さんに同じ質問ですが、貴方達しか知らない事…例えば人名・品物・書籍・写真等、特定な物の存在を教えて下さい。それらを聞き取り確認するので。」

荒木「荒木だが、俺しか知らない品物有ったかな?…オオ有ったぞ!俺の家は昔のままで、現在も使用しているのか?もしそのままなら、奥座敷神棚手前左上『欄間』下のナゲシ板内側に、東播銀行小野支店取引の『預金証書、額面十五万円』と久子受け取りの手紙を隠している。銀行には、この預金に付いて通信不要の手続きをしているので…桂子は知らないと思うので、そこに預金証書は今もあると思う。確認してくれ。」

私は、この交信内容を一言一句大きい声で復唱し、皆様の記憶に務めました。又、この内容確認の為、担当署員は地元警察に検証内容を伝え、確認作業をして頂き、連絡を待つ事にしました。

鬼頭「佐川さんは、如何でしょうか?何か有りますか?」

佐川「そう色々有るよ、自分の故郷は善通寺市だが、善通寺の山門の落書き、古傷、今も当時の状態で残っているかな?人名、生まれ育った街並みと、日頃遊んだ森…そう森の中に大きな山桃の木が、三本有り、中学生の頃、中央の木に名前を彫り込んでいます。今もその木はあるかな?字の太さは10cm角位、佐川と彫り込みました。それと小学生の頃持ち遊んだ、想い出の宝物を、この木の南側根元に埋めています。品物はコマ・ビー球・剣玉等必ず有るはず…。調べて下さい。」

鬼頭「分かりました。直ぐに善通寺市警察に検証の依頼をされるでしょう。」

鬼頭「冨永さんは、どうですか？何か有りますか？」

冨永「はい！私にも、色々有りますが…何にしようかな？今も絶対残っているとすれば…加古川『登竜灘』の中程の岩場に、仲良し四人組の名前を彫りこんでいます。名前は、上杉・小田原・赤松・竹倉、当時、石切り場で使う『タガネ』で掘ったので、今も残っているはず？それと、私の部屋に、神戸一中、入学時に写した写真の裏側に、私の誓いのメモを入れているので調べて下さい。内容は次の通りです。」

一、健康の維持、常に飲食に留意する事。
二、何でも相談出来る、永遠の友を持とう。
三、親の恩を忘れず、生涯生きる事。
四、常に現実に生き、理想・空想の世界を追求せぬ事。
昭和十六年四月十日、私は誓います。

以上。冨永正治

鬼頭「分かりました。この件に付きましても調べさせて頂きます。」

鬼　頭「谷本さんは？如何でしょうか？何か有りますか？」

幸　代「そうね…床の間前の畳の下に、定期預金証書を隠していましたが、和尚さんの念視で探して頂き、希望どおり母親に、そのお金を送って頂いた話を聞かされ安心しています。
これ以外にお友達は大勢いるけど…そうね…私が精魂つくし育てた五葉の松の姿と、置石の形は駄目ですか？そう松は十年余り手掛け、上に伸びる枝を抑えたので、高さ3m余りで枝張りが強く、特に下から二段目の枝が東西に伸び、安定した姿に剪定しています。庭石は、赤御影石（鶴の形）と青石（亀の形）そう各々40kg程の石を、二個配置いています。」

鬼　頭「分かりました。ご協力有難う御座いました。庭石の件も加古川署を通じ、確認させて頂きます。」

検証担当署員は、今迄聞き取った内容確認の為、直ちに地元警察に検証依頼をして、事実確認の通報待ちで暫く待機する事となった。

私鬼頭は、この待ち時間を利用して、藤原捜査課長の許可を受け、今迄伝えていない、ご遺族及び犯人等の近況を各々『髑髏』に伝えました。又荒木さんは、谷本さんと話しがしたいとの事、二体だけ別の水槽に入れて協力しました。

この時間会場では、何とかそこにある『髑髏』と会話出来ないか？各署員が交互に器具を使い、挑戦を試みるものの、全ての人々は、今回も応答不可能な様子でした。

このような雰囲気を吹っ飛ばしたのは、電話のベルの音と受話器を耳にした、捜査官が交信する大きな声だった。

坂田「姫路署の、坂田です！暑い中ご苦労さん！何！メモどおりの預金証書が、言われた場所から見付かった！それは誠か！金額はえーと、三十五万円と聞いているが？
何！金額も合っている！取引銀行名も間違いないな！それと手紙は？うん聞いている内容と同じ、受け取りは、久子になっている！うん、うん、分かった。保管場所は身内の人でも、気付かない場所なのか？何！『欄間』の下、ナゲシ板と壁の隙間、１ｃｍ位の空間にあった。
うんそうか、出て来た証拠品の預金証書は、先方の許可を得て写真に撮り、証書は必ず遺族に渡す事、よろしいな？そう…うん、分かった。小野署長始め署員の方々に、くれぐれも宜しく伝えてくれ！じゃ後程、うんそのようにして頂ければ助かるよ。うん…うん…そうか？これで確認が取れると思うよ、じゃ気を付けて帰るように。」

このような電話のやりとりを聞いた人々が一瞬驚き、歓声と緊張感が会場内を包み、報道機関の方々が、自社に連絡の為、場内は活発な動きに変わりつつあった。

検証担当官は、先程の電話内容を箇条書きにして掲示、先刻『髑髏』から聞き取り録音した事項と、比較検討される事となり、あらゆる職責の中から、解明協議委員会発足の為、人選が行われているところへ又電話が鳴り、緊張した署員が受話器を取り上げ、交信内容がスピーカーから流れ響いていた。

西出「姫路署の西出です！香川県警の方々には度々忙しい所、ご協力頂き誠に有難う御座います。御願いしました物件及び、木に彫った名前の存在が確認されましたか？
はい、そうですか、驚きましたね。おもちゃも指定の場所から出てきましたか？
大木に佐川の彫刻残っているのですね？はい、写真に収めて頂ければ助かります。
街並みはどうでしょうか？一部戦災で消滅、大半は合っている？署長及び署員の皆様に宜しくお伝えください。お陰で助かりました。これで答えが出ると思います。

じゃ仔細は後日お伝え致します。さようなら。」

このような話をしている時、再び小野署から電話が入り、別の担当官が受話器を取った。

真田「はい、姫路署の真田です、加古川登竜灘の岩場のサイン、確認取れましたか？そう、聞き取り調査通り、上杉・赤松・小田原・竹倉、合っていますか？写真を撮ってください。誓いの言葉は？有りましたか？写真の裏に文面どおりの言葉ですね。そうですか。色々ご協力有難う御座いました。はい。これで専門家により、立証されると思われます？これで解明できれば、お互い助かりますね。じゃ皆様に宜しくお伝えください。」

このように交信が進む中、加古川署から電話が掛ってきた。

小野「はい、姫路署の小野です。度々お世話を掛けます。ご依頼の件如何でしょうか？話どおり庭石と五葉の松の存在、確認して頂きましたか？今も有りますね。そう写真に撮っておいて下さい。はい、その様にして頂ければ助かります。又明日伺いますので、署員の皆様に宜しくお伝えください。」

以上現地からの電話連絡で解明した事は、四体の『髑髏』から聞き取った話の内容は、現地で全て確認され、一部街並みは時間の経過で変わっているが、これ以外の物件は全て一致していた。

この物件の検証を終えた後、別室では解明委員会のメンバーにより、この検証に付き協議され、その結果が『兵庫県医師会』会長、兼塚秀治氏より発表された。

兼塚「ご参集の皆様、大変お待たせ致しました。『解明評議委員会』を代表しまして、只今行った、現物検証の協議結果を発表させて頂きます。

皆様ご承知のとおり本日朝から今迄、鬼頭氏と『髑髏』との応答問題を『医化学』両面から解明する為、各々専門家の方々立会いのもと、実施して来たが、未だ謎の残る検証で残念でしたが、今後の大きな課題として残りました。

この疑問解決には今暫く時間が掛ると思われます？今ここで言える事は、鬼頭氏が井戸に落ち込み今日迄、その一連の証言が事実と比較した結果、約１００％に近い確率を得ている事と、只今皆様の目前で行われた、現物聞き取り検証の結果も、ここで私が申す迄もなく、非常に高い解明率である事を考慮すれば…現時点で『医化学』両面からの検証解明に至らなかったが『確認検証』等を含め総合的に判断すれば、鬼頭氏は間違いなく『髑髏』と会話可能な人と思われます。

唯言える事は今一時的なのか、それとも永久に会話可能なのか？現時点では不明ですが、先刻度々話に出ていたように、鬼頭氏は人類史上、特異体質を備え「医化学」両面からみて大変貴重な人物だと思われます。

鬼頭氏が今日迄に聞き取り得た報告文書等を、あらゆる角度から調査した結果、ここに『解明協議委員会』全員の同意の基、前記事項の判定で評決に至りました。

この様なことは、今日史上例が無く『今後の犯罪捜査』などに絶大な影響を与えることも十分認識し、評決に至っては協議メンバー、一人一人の意見を慎重に聞き取り協議して来ました。

今ここで早急に答えを出して良いのか？今も強い疑問と抵抗感も有りますが、このまま引き伸ばし再検証を実施しても…本日の検証結果と同じ、答えが出るのではないか？と思われ『協議関係』者の皆様から、前記判定に多数の賛同を得たので、早期報告となりました。

本日はこの謎を解き明かす事に果てしない期待を持ち、各々方と事に当たりましたが、今の『医化学』両技術面では、全てが力不足と受け止めました。

この件も我が国の近代医化学の発展に伴い、早急に解明をして頂く事を、皆様同様強く望みながら、委員会を代表致しまして、私の挨拶に代えさせて頂きます。」

発表の通り鬼頭は史上初めて『髑髏』と会話可能な人物として、この場で認定されたのである。この発表が終ると、あらゆる報道機関の記者から、鬼頭に質問が寄せられた。

石垣「西播新聞社の石垣です。鬼頭さん、今の心境と今後の考え等を、伺いたいのですが？」

鬼頭「鬼頭です。先刻あのように発表されましたが、私自身別に驚いていません。野井戸に落ち込んだ直後でしたら…幾分動揺したと思いますが？かなり期間も過ぎ、日々の生活にも慣れたので、今は深く考えていませんが、もし聞き取り依頼が有れば極力応ずるつもりです。無論私感を捨て『髑髏』から聞き取ったそのままの言葉と考えを、関係者に伝える事を肝に銘じ、事に当る考えです。」

石垣「有難う御座いました。今後のご活躍を期待しています。」

他の記者からも種々質問が有りましたが、殆ど内容が同じなので省略します。

以上で昭和三十一年六月『青野ヶ原演習場』において『夜間訓練中』の自衛官が誤って井戸に転落、井戸の中で『髑髏』と言葉を交わし、その聞き取り捜査の結果、今日迄迷宮入りかと思われた三件の行方不明事件が『怪奇極まる殺人事件』でこの捜査活動に携わった捜査官方々の根強い努力で、時効前に犯人逮捕の偉業を成し遂げ『野井戸殺人事件』と完璧なアリバイに阻まれていた、谷本幸代失踪事件の全てが解決した。
会場は先刻、会長の発表で未だ騒ついていたが、その時一人の刑事が、私に声を掛けてきたので、再び会場は静かになった。

伊達「鬼頭さん！私は、岐阜県警捜査一課の伊達正行です。先程の検証結果で確証を得たので早速、鬼頭さんの力をお借りして、是非調査して頂きたいのですが？如何でしょうか？お願い致します。」

こういって私の所へ風呂敷包みを持ち込み、木箱の蓋を開け中身を取り出した。それは一体の『髑髏』だったので、会場内はどよめき、異様な雰囲気に変わりつつあった。『髑髏』は汚れが無く、白色で小柄な方だと見受けられ、良く見ると『髑髏』の表面にはかなりの擦り傷らしき痕があり、歯並び良く美しい小粒の歯が残っており、前世なら美人で笑えば愛嬌を現わしたであろう？その八重歯に特徴が見られた。

伊達「鬼頭さんこの『髑髏』は、歯並びで私の知人と思います。何故死んだのか？自殺、又は事件がらみの他殺？現在も調査中で詳細不明、この『髑髏』の持ち出しに付いて多くの署員の方々から賛否両論、激しい批判も有りましたが？今回の解明テストの意味を含め、岐阜県警察署長の特別な許可を得て、本会場に持ち込む事が出来ました。このご遺体は誰なのか？それが知りたく署員一同悩んでおり、今ここで詳細を解明して頂ければと強く期待しております。何卒宜しくお願い致します。」

一瞬会場は緊張に包まれ、中には『これぞ、正しく世紀の検証実験だ！』と数人の方々の声が聞え、会場では、緊急協議が行われ、この場で検証の運びとなりました。

鬼頭「分かりました。ここで検証をしてみます。」

私は再度丁重に『髑髏』を受け取り、今から聞き取る未知の事柄等一抹の不安を抱き、心静かに黙祷を捧げた。

鬼頭「皆さんお聞きのとおりです！無論、このご遺体が誰なのか？私は知りません、今から聞き取り調査を行いますので、準備をお願い致します。」

会場は静寂と緊張の中、岐阜県警、伊達刑事のご希望どおり、聞き取り検証が行われる事となり、関係職員による準備作業が進み、参加者一同固唾を飲み、その時を待っていました。

影浦「鬼頭さん何時でも結構です。『髑髏』に呼びかけて下さい。」

こういって検証担当官はスピーカーの音量テストを行い、私に合図を送ってきたので、私は机の上に有る『髑髏』に、声を掛けてみたけど、これも先程の四体の『髑髏』と同じ状態で、僅かな反応を得たものの、この場での聞き取りは不可能だった。

この様子を見ていた担当官は、私に声を掛け、水槽に移しての調査に移行しました。

鬼頭「もしもし、聞えますか！私、鬼頭と申します！此方の声、聞えますか？応答して
　　下さい……！」

このように幾度も呼かけると？徐々に反応が現れ、何とか会話ができる状態になってきた。

三十五　持ち込み髑髏との会話

鬼頭「もしもし！何とか聞き取れます。貴方の名前を言って下さい！私の声聞えますね？

　　…そう貴方の名前を言って下さい！」

髑髏「うち、もりた・か・こ・です。」

鬼頭「森、田、ですね！名前は！カ、ヨコ、ですか？わかりました。もりた、かよこさん

ですね。はい、聞き取れますよ。漢字でどの様に書きますか？…山の森と田圃の田、森田ですね！名前は参加の加に、君が代の代、と子供の子、加代子ですね、分かりました。森田加代子さんお年は幾つですか？何故亡くなられたのか理由を教えて下さい。」

加代子「うち（私）が死んだ時、三十一才だった。あの学生さんに、殺されたんよ。うち…辛く苦しかった！二人の学生に風呂場で襲われ、風呂湯を呑まされ、息が出来ず…うちの子供、どうしとる？誠は、学生さんに押し倒され泣いていたが？怪我をしたのと違う？あんた知らんかね？」

鬼　頭「ええ！そのような恐ろしい目にあったのですか？辛かったでしょう。少し訛りがありますが、何とか理解できます。貴方を襲った学生の名前、覚えていますか？そう犯人の名前です。」

加代子「訛り、そう『宇和島訛り』で御免ね…うちを殺した犯人の名前？…はっきり分からないんよ…そうね…松ちゃんとか、利坊と呼んでいたので？岐阜市の、某大学生と言っていたので…あっそうそう！同じ学年に、伊達正行さんがおったな!?その人に聞いてもらえんじゃろうか？その人、うちとおなじ郷里なので、兄弟のように親しくなり、子供もなついていたので？確か伯父さんが、この山の麓で運送会社をしているとか？探せば、すぐ分かると思うんよ。」

このような会話を、伊達刑事が頷きながら聞き内容を手帳に記録していたが、岐阜県警の部下と耳打ちをして、私にメモを見せ次のように述べた。

伊達「鬼頭さん！有難うございました。長い間悩んでいたが？今の聞き取り調査でこの事件は、早急に解決すると確信しました。私の思ったとおりの事件と分かってきたのです。これ以外に色々聞きたい事ばかりですが？本件は今も未解決の事件なので、ここらで聞き取り検証を中断させて頂きたいのです？容疑者との兼合もあるので…

何卒ご理解とご協力の程宜しくお願い致します。」

このように述べて、検査担当官の指示を求めていた。

担当官はマイクで、伊達刑事の心境を伝え、今後の検証に付いての意見を求めた。参加者の中には、今少し聞き取り検証をするよう要望もあったが、この話の内容が重大な、殺人事件に関わっている事を考慮すれば、伊達刑事の主張を受け入れざるを得なかったのである。

その時、参加者の一人が、伊達刑事に質問を求めた。

中原「私は瀬戸内新聞社の中原です。伊達刑事、先刻の聞き取り調書の内容は、事実と合っていますか？」

伊達「伊達です、お答え致します。私も驚きました！この『髑髏』が私の名前を言っていたが、被害者は残念ですが、やはり私の知人でした。心よりお悔やみ申し上げます。又、殺人云々と言っていたが？この件に付いては現時点で、私にも分かりません？今から捜査に入るので…断言出来ませんご了承下さい。これ以外の話の内容は全て合致しており、私もここ迄詳しく聞き取れるとは思わなかったので、冷や汗をかきました。

私も皆様同様、この件に付いて知りたい事ばかりなので、この場でもっと聞き取り調査をして頂きたいのですが、これ以上内容が漏れると、今後の捜査活動に色々と支障をきたすと共に、その結果次第では、岐阜県警の威信にかかわる、要素を多分に含んでいると思われるので…これ以後の検証は、中断させて頂きます。

尚、本日の趣旨は鬼頭氏が『髑髏』と会話可能か？これを解明する為の検証でしたので、全てこの件に留めて頂き、只今の検証内容は記事にせず、又口外せぬようご来賓方々始め、報道関係皆様の、ご理解とご配慮等…何卒ご協力をお願い申しあ

　げ、先程質問された方への答弁といたします。」

　この件に付いては、兵庫県警本部長の萩本氏から、これらの『犯罪行為』は今から、容疑者の検挙取り調べ等、重大な案件が含まれているので、事前に内容が露見した場合、容疑者の口封じ殺人逃亡・自殺等、今後の捜査に、悪影響を及ぼす畏れがあるので、各報道機関に対して再度ご理解と協力を強く要望されての挨拶がなされた。

　挨拶が終ると伊達刑事が私に握手を求め、力強く手を握り、

伊達「…鬼頭さん有難う御座いました。これで私が抱いていた疑問の殆どが解明した心境です。お陰で助かりました。後日岐阜県警より、この件に付き、改めて招請があると思いますが、その時は是非、ご協力して下さい、宜しく御願い致します。」

このように言われたので、私は快く承諾しました。

後日、伊達さんから話を聞くと、この『親子心中事件』は伊達さんが、大学三年の十月八日に発生。この『親子心中事件』を新聞で知り非常に驚き悲しみ、もらい泣きしたそうです。あの森田加代子さん親子が心中？とても信じられない…。

八月末に伺った時、親子して元気で明るく昆虫採集・海水浴・花火等の話しを聞かされ、

そこから、心中云々の気配は全く感じられず、私と同じ宇和島市生まれの人で、私の姉と同じ年頃、ここでの話は、お互い宇和島訛りでの会話、身内同然の付き合い、子供さん達とも慣れ親しんでいたのに、なんで自殺？御主人は確か営林省勤務で、里は岐阜市外の各務ヶ原とか。

一昨年の春、飛騨高山国有林で桧伐採の作業監視中、不幸にも倒木で腰を強打。現在岐阜市立病院に入院治療中で、退院後も寝たきり又は車椅子での生活になると聞かされ。そのやりきれない辛さ寂しさ故に、我が子を殺して入水自殺をしたのか？可哀そうに…。

その年の秋、紅葉狩りで、この食堂の駐車場を利用した時、ガラス越にカーテンの隙間から中を覗くと、太陽光線で中は明るく、今も人が生活している様に見受け、その時、玄関内側上の壁からヒラヒラと落ちてきた1枚の画用紙の画面を見ると、友人の乗る米軍の払い下げのジープの絵？登録番号も同じ⁇子供が幼稚園に出す為に書いた絵だと知り、その絵を見つめていると頭がクラクラしてきた。これは偶然なのか？あの事件は将来を悲観しての『親子心中』事件として葬られているが？私に何か問い掛けて居るのでは？ここに疑問が生じたので？私は進路変更、大学卒業後、伯父の会社で働く事を約束していたが、伯父に無理をいって、大学卒業後望みどおり、岐阜県警捜査一課に採用され、職場の雰囲気にも慣れて来たので、後日『親子心中』事件の真相を探る為、先輩刑事に意見を求めたが、この事件は将来を悲観した『親子心中』で、特に小学四年生の娘が書いた、遺書らしき文面が決めてとなり『親子心中』事件で結審。だから誰も私の話を聞く人はいない空気が漂っていた。

今迄の私の生活を振り返れば、過去六年前『愛媛県宇和島市』を離れ岐阜市に居住した時点で、悲報を知らされたご主人及びご遺族の方々の胸中を察し、私も悲しみと怒りでいっぱいです。大学入学後、山登りの好きなこの旧友を経営者に紹介したこと。まさかこんな事件を起こすとは?…今は容疑者だから名前を明かすことはできないが、あの朗らかな家族を思い出すと、辛く寂しい思いです。

三十六　閉会

朝九時から行われた『髑髏』との会話解明検証も午後五時閉会となり、閉会の挨拶は、姫路警察署長の、奥田義孝氏がなされた。

奥田「姫路署長の奥田義孝でございます。本日はお忙しい所、当姫路署に多数の方々が、
ご参集下さり誠に有難う御座いました。」

本日行われた『髑髏』との会話検証に付きましては、先刻兵庫県医師会長のお言葉どおり、現段階では『医化学』両面からの検証では納得の域に程遠く、今後の課題として大きく残りましたが、近代日本における『医化学』発展の進歩を考えれば、この疑問も近々解明されるものと確信致し期待しております。次にこの事件に今迄関わった関係署員一同、ホッとしている事でしょう。

『野井戸殺人事件』の本部を当署に置き、関係署員方々の努力の積み重ねで、事件の解決を見ましたが、この捜査に当たり、ほとんど鬼頭氏の聞き取り情報を基に捜査を進め、犯人に結びついた事は申すまでも有りません。この事件に関与した関係署員の代表としまして、この『非化学』的言葉を信じ、犯罪捜査活動を実施した事に付き、後日『関係機関及び報道機関』等から厳しい批判がなされるものと覚悟をしていたので、本日の解明検証に、絶大な期待を寄せていました。

本日、鬼頭氏の会話解明検証が、各関係機関方々の協議委員会において、鬼頭氏は髑髏と

会話可能な人物と認定された事で、何より安堵致しました。

この事件解決の過程で信じられない『非化学』的捜査活動を行なって来た、諸々の批判が取り除かれる事を願い、期待を寄せていたので、これで署員一同、以前どおり日々の勤務に専念出来る事を確信致すところで御座います。本日は、人類史上初めて、この重大な『髑髏』との『会話解明検証』に場所の提供並びに、参加させて頂いた事は、私個人と致しまして、生涯貴重な財産になるものと思っております。最後になりましたが、ご来賓方々を始め、解明検証に参加された各関係機関の方々の、ご健康と、今後益々のご活躍をお祈り申し上げ、簡単では御座いますが、閉会の挨拶に代えさせて頂きます。

閉会の挨拶後、都道府県警の方々が慌しく私の処に来て、名刺を渡され身元不明遺体の解明、事件の真相、犯人の氏名等、多くの難問解明に協力要請を頼まれると共に、今後の活躍と激励の言葉を掛けて頂きました。

昭和三十一年九月十三日、私は、姫路部隊連隊本部に出頭するよう教育隊長より伝達され、連隊本部に赴くと、第一係主任から、岐阜県警本部長よりの招請依頼の書簡を読み、意見を求められたので、『私は現在、幹部教育隊での教育中、然るに私の行動は、教育隊長の指示に従います』と伝えました。

その後、教育隊長の指示で、岐阜県警本部の要請どおり、三泊四日の日程で、特別派遣を命ぜられ、二人の広報担当官と共に…今から出遭う『数奇な事件』の解明を想像しながら…姫路駅、午前九時三十五分発『特急列車ツバメ』にて、一路岐阜市に向かう事となった。時に、昭和三十一年九月十八日だった。

終

【著者プロフィール】

一九三六年　愛媛県西予市に生まれる

一九五六年　愛媛県立野村高校卒業

某大手銀行勤務。後、同銀行傍系会社に勤務

二〇〇一年　定年退職

二〇〇三年　『絶食88日、ガンからの生還』出版（文芸社）

二〇一二年　九月　三度、脳死を体験

二〇二三年　『野井戸殺人事件』出版（牧歌舎）

野井戸殺人事件

発　　行	2023年4月3日　初版第1刷発行
著　　者	中川須満夫
編　　集	門 間 丈 晃
デザイン	HRI.(ヒライ。)
発 行 所	株式会社牧歌舎 東京本部 〒101-0064　東京都千代田区神田猿楽町2-5-8 サブビル 2F TEL.03-6423-2271　FAX.03-6423-2272 https://bokkasha.com　代表：竹林哲己
発 売 元	株式会社星雲社（共同出版社・流通責任出版社） 〒112-0005　東京都文京区水道1丁目3-30 TEL.03-3868-3275　FAX.03-3868-6588
印刷・製本	シナノ印刷株式会社

© Sumao Nakagawa 2023 Printed in Japan

ISBN 978-4-434-31832-0　C0093

落丁・乱丁本は、当社宛てにお送りください。お取り替えします。

作中における人物名や発言はすべてフィクションです。

本文中の内容に関する責任は、著者にあります。